任性出版

致力於提升國學素養的
經典圖文書工作室

段張取藝——著

妙筆生花要形容詞，
驚人不休全憑數詞、量詞

文言文很好用

引經據典，言之有物、
談吐得宜，提升素養的最快方法。

目錄

文言文很好用
——你一定想用的絕妙好詞（名詞、動詞）

文筆生動的人，
「很會」用動詞 63

第三章
了解成語的由來典故，
作文（和做人）一定得高分　107

附 錄
文言文用法實力考驗 155

文言文很好用
──妙筆生花要形容詞，驚人不休全憑數詞、量詞

推薦序
懂一點國學常識，讓自己行文時增加韻味，
也使生活增添趣味／敏鎬　219

第 四 章
有了形容詞，
筆下人物更生動 221

第六章

之乎者也，
這些字就是虛詞 ³¹⁷

附錄

文言文用法實力考驗 365

推薦序

懂一點國學常識，讓自己行文時增加韻味，也使生活增添趣味

「敏鎬的黑特事務所」粉專版主／敏鎬

　　「之、乎、者、也……」在當代，文言文是令現代人「聞風喪膽」的存在，不光是因為它在國文基本教材中占有一定比例，也是因為文法、句型、修飾詞彙和現代白話文大相逕庭，使之成為當代人們對其往往拒之門外的理由。

　　除了應付考試，一些基本的國學常識，其實已經深植在大眾生活中，例如，年齡代稱、祝賀用語、親屬稱謂，甚至是收到法院傳票、判決書，都要懂一點文言文基礎才能順利解讀！（開玩笑的，大家不會沒事隨便收到傳票啦。）

　　曾經有個網路趣聞提到，有人送了一盆祝壽鮮花給一位長者，結果祝賀詞寫著「福壽全歸」的奇聞（這是輓聯用的）！足證在一般人交際生活中，仍需要具備一定的相關常識，才不會鬧出笑話！本人也看過有電視劇這樣演：楚漢相爭時，呂后在劉邦身旁開口自稱「哀家」（劉邦：妳老公我還活著欸？），或是清代孝莊太后，對旁人自稱「我孝莊……」（孝莊是死後的封號）等謬誤，都令人莞爾一笑。

　　「敏鎬！可是我又沒有要考國文，學這些幹嘛？」問得好！這位朋友不知道有沒有在追劇？近年來宮廷戲風潮興起，劇中為求貼

近時代背景，往往會融入文言用語、古代官制、時辰，甚至隨時出口成章。如果能懂得一點相關的國學常識，不但在追劇時能貼近人物心境增添樂趣，還能跟家人在追劇時，隨手展現自己的淵博學識，讓過年團聚時，親戚小孩對你敬佩不已。（也可能他們根本不在意啦！）

「長鋏歸來兮！食無魚！」月底了，看著滿臉疑惑的室友，你對著晚餐的泡麵唱道。信手拈來就是一句文言文，不用懷疑，真的很潮。

「敏鎬，扯那麼久是不是要進入推薦環節了？」

這本《文言文很好用》內容可說是五花八門、極為豐富，不但詳細講解古文文法句型，更介紹了稱謂、交際用詞、古代官制等，還有成語介紹跟大量的節錄古文（很豐富而且有註釋，大家不用怕）。充實內容配有豐富可愛的插圖，讀完能夠讓自己在文言文的學習有一定基礎，也可以將文言文融入自己的生活中，信手拈來、自然使用，不但能讓自己行文時增加一些韻味，也能使生活增添不少趣味！

「敏鎬，怎麼你前面的廢話，比正經推薦內容還長？」編輯皺著眉頭。

「這叫做畫龍點睛法，用前面廢文去襯托本書內容有多好，懂？」我恬不知恥的答道。

嘿嘿，大家又學會一招了吧。

第四章

有了形容詞，
筆下人物更生動

形容詞是文言文中最常見的詞類之一，通常用來修飾表現出不同形狀、性質、狀態、顏色等的人或事物。

我們在形容聲音大時，可以用疾；形容厚度小，可以用薄；形容味道甜，可以用甘……除此之外，形容詞在語句中還能起到不同的作用，不僅用於形容，還可以成為名詞，甚至可以變作動詞。正是有了形容詞，我們筆下的人物才能更加生動，文章才會更加優美。

那麼話不多說，就讓我們一起進入形容詞的世界，去領會它的奧妙吧！

薄，形容小，也象徵貧瘠

薄常常被用來形容一個東西的厚度小，不過這只是它的一種用法，在文言文中它可忙著呢！

範例：事力勞而供養薄。

出自：《韓非子》。

翻譯：（農民）用盡力氣勞作，可吃穿用度還是很少。

範例：成都有桑八百株，薄田十五頃。

出自：《三國志》。

翻譯：（我）在成都有桑樹八百棵，貧瘠的田地十五頃。

範例：魯酒薄而邯鄲圍。

出自：《莊子》。

翻譯：魯侯敬獻的酒味道淡薄，致使趙國邯鄲遭到圍困。

範例：積薄而為厚，聚少而為多。

出自：《戰國策》。

翻譯：從薄積累成厚，從少積累到多。

變身名詞

範例：露申辛夷，死林薄
兮。

出自：《楚辭‧九章》。

翻譯：瑞香花和辛夷花，都
死在了**草木叢生的地方**。

草木叢生的地方

變身動詞

停止

範例：淩陽侯之泛濫兮，忽翱翔之焉**薄**。

出自：《楚辭‧九章》。

翻譯：船行駛在滾滾的波浪上，就像鳥飛翔卻不知**停**在哪個地方。

減輕

範例：易其田疇，**薄**其稅斂，民可使富
也。

出自：《孟子》。

翻譯：讓百姓種好他們的地，**減輕**他們
的賦稅，就可以使百姓富足。

迫近

範例：但以劉日**薄**西山，氣
息奄奄。

出自：〈陳情表〉。

翻譯：只是因為祖母劉氏生
命**迫近**終結，氣息微弱。

厚，薄的反義詞，有濃烈的意思

厚是薄的反義詞。和薄一樣，厚在文言文中也是個大忙人。只看圖的話，你能猜出它的各種意思嗎？

厚

範例：厚土則蘖不通。
出自：《呂氏春秋》。
翻譯：蓋的土太厚，萌芽就鑽不出地面。

範例：厚酒肥肉。
出自：《韓非子》。
翻譯：味道濃烈的酒和肥嫩的肉。

厚度大

味道濃

範例：蓄祿不厚，則民不信。出自：《墨子》。
翻譯：（賢能的人）俸祿不豐厚，百姓就不相信他。

豐厚

寬厚

範例：古之民樸以厚。出自：《商君書》。
翻譯：古代的民眾淳樸又寬厚。

變身名詞

財富

範例：毀國之**厚**以利其家，臣不謂智。

出自：《韓非子》。

翻譯：損害國家的**財富**，來滿足自家，我不認為是智慧。

厚度

範例：其**厚**三寸。

出自：《禮記》。

翻譯：它的**厚度**是三寸。

變身動詞

看重

範例：遂復三人官秩如故，愈益**厚**之。

出自：《史記》。

翻譯：於是恢復了三人原來的官職和待遇，並且更加**看重**他們。

加深，加強

範例：彼得其情以**厚**其欲。

出自：《國語》。

翻譯：她（驪姬）得到了國君的寵愛，就會進一步**加深**政治上的欲望。

高，多半指身高、年紀還有地位

高是文言文中的常見字，除了用來形容一個人長得高，還有很多種用法，你能說出其他任何一種嗎？

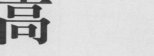

範例：惟仁者宜在高位。

出自：《孟子》。

翻譯：只有仁者才適合處在**級別高**的位置上。

範例：不登高山，不知天之高也。

出自：《荀子》。

翻譯：不攀登高山，就不知道天有多高。

等級或程度高

與低相對

年紀大

尊貴

範例：才下而位高。

出自：《淮南子》。

翻譯：才能低下，地位卻很尊貴。

範例：王年高矣。

出自：《戰國策》。

翻譯：大王年紀大了。

變身名詞

範例：兄弟發跡雖異，克終皆隱，世謂何氏三高。

出自：《南史》。

翻譯：兄弟發跡的方式雖然不同，但最終都是隱居，世人稱為何家的三位高士。

高士，即高尚出俗之人

變身動詞

範例：好倜儻大節，當世以是高之。

出自：《漢書》。

翻譯：他灑脫不羈能守大節，世人因此很崇敬他。

崇敬

通假字

通「郊」，郊外

範例：至之日，以太牢祀於高禖（按：指媒神，即古時候帝王求子所祭之神，其祠在郊外）。

出自：《呂氏春秋》。

翻譯：到（燕子）來的那天，用牛、羊、豬三種牲畜祭祀郊外的神明。

通「膏」，油脂

範例：高梁之變，足生大丁。

出自：《黃帝內經素問》。

翻譯：吃太多油膩精美的食物，下肢容易發生病變。

肥，除了胖、豐沃，古代真有人姓肥

　　肥在文言文中有很多含義，比如胖、肥沃等。仔細觀察下面的圖片，體會肥的用法吧！

肥

範例：身長大，肥白如瓠。

出自：《史記》。

翻譯：身體又高又大，肥碩白皙，就像葫蘆一樣。

範例：梅子金黃杏子肥。

出自：〈四時田園雜興·其二〉。

翻譯：梅子變得金黃，杏子長得也很碩大。

胖

碩大

豐厚，富足

土地肥沃

範例：父子篤，兄弟睦，夫婦和，家之肥也。

出自：《禮記》。

翻譯：父子情深，兄弟和睦，夫婦和諧，是家業富足的表現。

範例：不愛珍器重寶肥饒之地。

出自：〈過秦論〉。

翻譯：不吝惜珍奇貴重的器物，和肥沃富饒的土地。

變身名詞

古國名，今山西昔陽縣境內

範例：晉伐鮮虞，因肥之役也。

出自：《左傳》。

翻譯：晉國進攻鮮虞，是趁著滅掉肥國的戰役順路進攻的。

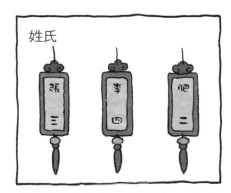

姓氏

範例：及聽政，先問先王貴臣肥義。

出自：《史記》。

翻譯：等到（趙武靈王）親政後，先問候先王的貴臣肥義。

變身動詞

使……壯大

範例：今破齊以肥趙。

出自：《戰國策》。

翻譯：現在打敗齊國，會使趙國壯大起來。

使……肥沃

範例：刺中殖穀，多糞肥田。

出自：《荀子》。

翻譯：拔掉草根，種植穀物，澆糞使田地肥沃。

惡，就是所有不美好的事

說到惡，我們常常用它來形容一些不怎麼美好的人或事物。雖然意思不怎麼美好，但它卻是文言文裡的常客哦！

惡

範例：今子美而我惡。

出自：《韓非子》。

翻譯：現在你美而我醜。

範例：與親友別，輒作數日惡。

出自：《晉書》。

翻譯：與親友分別後，總是要難過好幾天。

醜

難過，不愉快

凶惡

壞的，不好的

範例：與惡劍無擇。

出自：《呂氏春秋》。

翻譯：和不鋒利的劍沒有什麼區別。

範例：時年歲凶，則民吝且惡。

出自：《墨子》。

翻譯：收成不好的年分，老百姓也會吝嗇而凶惡。

變身名詞

惡人，壞人

範例：於是擢舉義行，誅鋤奸惡。

出自：《後漢書》。

翻譯：於是提拔薦舉有義行的人，誅殺鋤掉奸詐邪惡之人。

罪惡

範例：君子以遏惡揚善。

出自：《周易》。

翻譯：君子要阻止罪惡，宣揚善美。

疾病

範例：常患腹內惡，諸醫不可療。

出自：《世說新語》。

翻譯：他肚子裡常常患病，看了很多大夫都治不好。

汙穢

範例：有汾、澮以流其惡。

出自：《左傳》。

翻譯：有汾水與澮水兩條河來沖走汙穢。

近，形容距離，也說人平庸

近是大家的老朋友啦，相信大家都經常見到它。但你真的確定自己對它很熟悉嗎？

範例：言近而指遠者，善言也。

出自：《孟子》。

翻譯：言語容易理解而意思深遠的，是有益的話。

近

範例：外無期功強近之親。

出自：〈陳情表〉。

翻譯：在外面沒有關係比較親密的親戚。

容易理解的

親密的

近處的

平庸的

範例：遠水不救近火也。

出自：《韓非子》。

翻譯：遠處的水救不了近處的火。

範例：德近者其爵卑。

出自：《中論》。

翻譯：德行平庸的人，他的地位也低下。

變身名詞

範例：負氣敢言，權近側目。

出自：《新唐書》。

翻譯：（高適）率性敢說，權貴和近臣們都很害怕他。

君主親近的人

變身動詞

範例：學者須是務實，不要近名方是。

出自：《近思錄》。

翻譯：身為學者必須務實，不要追求名譽才對。

追求

靠近，接近

範例：故近朱者赤，近墨者黑。

出自：〈太子少傅箴〉。

翻譯：所以靠近朱砂就會變紅，靠近墨就會變黑。

受到寵幸

範例：齊王夫人死，有七孺子皆近。

出自：《戰國策》。

翻譯：齊王的夫人死了，有七個妾都受到了齊王的寵幸。

窮，不只是貧窮

看到窮字，你是不是已經把它和破草屋、空錢包聯繫在一起了？
別這樣，它可不只貧窮這一個意思哦！

窮

範例：窮，貧也。
出自：《廣雅》。
翻譯：窮，貧困的意思。

範例：窮鄉多異，曲學多辨。
出自：《史記》。
翻譯：荒僻的鄉村風俗多奇異，學識淺薄的人多愛毫無意義的爭辯。

荒遠，偏僻

貧困

狹窄

不得志，不顯貴

範例：故士窮不失義，達不離道。
出自：《孟子》。
翻譯：所以讀書人不得志時不能失去仁義，顯達時不能背離道德。

範例：夫處窮閭阨巷。
出自：《莊子》。
翻譯：住在狹窄的小巷子裡。

變身名詞

缺陷

範例：猶有所窮。

出自：〈酌古論〉。

翻譯：仍然有缺陷。

變身動詞

揭穿

範例：恐事窮且得罪，乃再詣相府。

出自：《夢溪筆談》。

翻譯：害怕事情被揭穿後獲罪，於是再次前往宰相府。

止，息

範例：儒有博學而不窮，篤行而不倦。

出自：《禮記》。

翻譯：儒者雖然學問已經很深，但仍然不停止學習，有了學問還要切實付諸行動，不能懈怠。

追究到底

範例：不忍窮竟其事。

出自：《後漢書》。

翻譯：不忍心將此事追究到底。

虛，是虛心求教，還是身體很虛弱？

看到虛的時候你想到了什麼？是虛心求教，還是身體虛弱？虛在古時候也有很多種含義哦！

虛

範例：君子以虛受人。
出自：《周易》。
翻譯：君子以謙虛的態度來接納他人的言行。

範例：有虛船來觸舟。
出自：《莊子》。
翻譯：有一艘沒有載人的空船，撞上了別人的船。

謙虛

空的

虛假

虛弱

範例：聽讒人之虛辭。
出自：《楚辭‧九章》。
翻譯：聽信小人的虛假之詞。

範例：後時者，短莖疏節，本虛不實。
出自：《呂氏春秋》。
翻譯：種得過晚的豆子，分枝短，莖節稀，根部弱，不長粒。

變身名詞

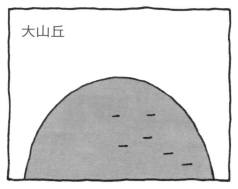

大山丘

範例：升彼虛矣，以望楚矣。
出自：《詩經》。
翻譯：登大山丘，朝楚丘眺望。

廢墟

範例：亡國之虛則必有數蓋
焉。
出自：《荀子》。
翻譯：亡國的廢墟，一定有許
多處。

方位，處所

範例：鄭，祝融之虛也。
出自：《左傳》。
翻譯：鄭國，是祝融所處的地方。

天空

範例：浩浩乎如馮虛御風，而
不知其所止。
出自：〈赤壁賦〉。
翻譯：浩蕩的樣子就像在天空
中駕風而行，卻不知道哪裡是
盡頭。

沉，就是重

看到沉，心情是不是一下子沉重起來了？別緊張，放輕鬆！沉字其實很容易理解。

沉

範例：絲欲沉。
出自：《周禮》。
翻譯：絲的色澤深沉而有光澤。

色深而有光澤

範例：天沉四山黑。
出自：〈次韻張子野秋中久雨晚晴〉。
翻譯：天色陰暗，四周的山也陰沉沉的。

陰暗

範例：為人沉勇有大略。
出自：《漢書》。
翻譯：他為人深沉勇敢，有遠大的謀略。

沉著

重

範例：無苗時采，則實而沉。
出自：《夢溪筆談》。
翻譯：沒有長出莖葉時採摘，就會飽滿且沉重。

變身名詞

範例：沉有履，灶有髻。

出自：《莊子》。

翻譯：汙泥中有神叫履，
灶臺中有神叫髻。

汙泥

變身動詞

沒入水中

範例：千鈞得船則浮，錙銖失船則沉。

出自：《韓非子》。

翻譯：千鈞重的東西，只要有船，就能浮在水上；重量很輕的東西，
沒有了船，也是會沒入水中。

落下

範例：九山沉白日。

出自：〈湘妃怨〉。

翻譯：太陽從九山上落下。

沉溺

範例：商王大亂，沉於酒德。

出自：《呂氏春秋》。

翻譯：商紂王昏庸無能，沉溺
於飲酒作樂。

長，短的相對

長是大家最常見的字之一，但儘管如此，你也不見得能分清楚它所有的意思。

範例：新林之無長木也。
出自：《呂氏春秋》。
翻譯：新林中沒有高大的樹木。

長

範例：溯洄從之，道阻且長。
出自：《詩經》。
翻譯：逆流而上去追尋她，道路險阻又遙遠。

高大

遠

久

範例：天長地久。
出自：《老子》。
翻譯：天地存在的時間那樣久遠。

與「短」相對

範例：難易相成，長短相形。
出自：《老子》。
翻譯：難與易因相互對立而形成，長和短因相互對立而體現。

變身動詞

範例：敢問夫子惡乎長？

出自：《孟子》。

翻譯：請問老師您擅長哪一方面？

擅長

變身名詞

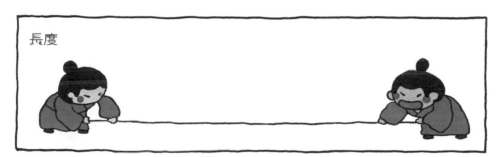

長度

範例：必有寢衣，長一身有半。

出自：《論語》。

翻譯：睡覺一定要有小被子，長度是人身長的一倍半。

高度

範例：身長八尺二寸。

出自：《莊子》。

翻譯：身高八尺二寸。

長處

範例：請掩足下之短者，誦足下之長。

出自：《戰國策》。

翻譯：請允許我掩蓋您的短處，頌揚您的長處。

白，不只形容顏色

　　說到白，我們常用它來形容一個人的皮膚白。但在文言文裡，白字可不只這一個含義哦！

白

範例：大白若辱，盛德若不足。

出自：《莊子》。

翻譯：過於純真的東西總好像有什麼汙垢，德行最高尚的人總好像有什麼不足。

範例：越女天下白。

出自：〈壯遊〉。

翻譯：江浙的女子皮膚潔白，天下無雙。

白淨

純真

空白

亮

範例：竟日不下一字，時謂之曳白。

出自：《舊唐書》。

翻譯：一天沒有寫出一個字，當時人們稱他為「曳白」（即考試交空白卷）。

範例：雄雞一聲天下白。

出自：〈致酒行〉。

翻譯：雄雞一叫，天下大亮。

變身名詞

範例：目辨白黑美惡。

出自：《荀子》。

翻譯：眼睛能辨別白色、黑色及美醜。

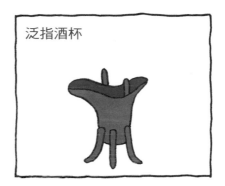

泛指酒杯

範例：輒拍案浮一大白。

出自：《虞初新志》。

翻譯：就拍著桌子喝了一大杯（酒）。

變身動詞

控告

範例：式白君而君薦之，何也？

出自：《三國志》。

翻譯：淳于式控告你，而你卻推薦他，這是什麼原因？

下級對上級陳述

範例：虜吏白州，州白大府。

出自：〈童區寄傳〉。

翻譯：管理集市的官吏把這件事報告給州官，　州官又報告給府官。

鄙，充滿歧視的字眼

說到鄙，它看上去似乎很難理解，不過不用擔心，其實一點兒都不難！

鄙

範例：聞柳下惠之風者，鄙夫寬，薄夫敦。
出自：《孟子》。
翻譯：聽說過柳下惠風範的人，狹隘的人變得寬容，輕薄的人變得敦厚。

範例：絳侯周勃始為布衣時，鄙樸人也。
出自：《史記》。
翻譯：絳侯周勃還是平民的時候，是個質樸的人。

狹隘

質樸

目光短淺

粗野

範例：肉食者鄙，未能遠謀。
出自：《左傳》。
翻譯：當權者目光短淺，不能深謀遠慮。

範例：子路性鄙，好勇力。
出自：《史記》。
翻譯：子路性情粗野，喜歡逞勇鬥力。

變身動詞

看不起

範例：孔子鄙其小器。

出自：〈訓儉示康〉。

翻譯：孔子看不起他氣量
狹小。

變身名詞

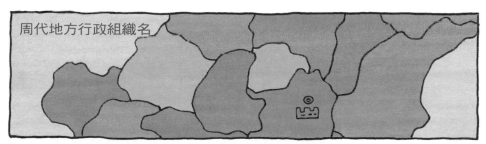
周代地方行政組織名

範例：五家為鄰，五鄰為里，四里為酇，五酇為鄙。

出自：《周禮》。

翻譯：五戶人家是一鄰，五鄰是一里，四里是一酇，五酇是一鄙。

郊野，郊外

範例：參其國而伍其鄙。

出自：《管子》。

翻譯：曾把都城分為三區，郊野
分為五區。

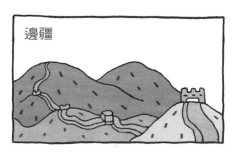
邊疆

範例：齊孝公伐我北鄙。

出自：《左傳》。

翻譯：齊孝公攻打魯國北部的邊
疆。

微，不顯眼的意思

微是什麼意思呢？想不出來？不要著急，看看下面的圖吧，一定會給你帶來啟發的。

微

範例：桓公微服而行於民間。
出自：《韓非子》。
翻譯：齊桓公穿著平常的衣服探訪民間。

不顯露的

範例：周貧且微。
出自：《戰國策》。
翻譯：周天子貧困又弱小。

弱小

範例：其文約，其辭微。
出自：《史記》。
翻譯：他的文章簡約，言辭精妙。

精妙

地位低

微小

範例：垤微小，故人易之也。
出自：《韓非子》。
翻譯：土堆小，所以人們常常忽略它。

範例：大王起微細。
出自：《史記》。
翻譯：大王從底層起事。

變身副詞

微微

範例：見其發矢十中八九，但**微**頷之。

出自：〈賣油翁〉。

翻譯：（賣油的老翁）見他射十箭中了九箭，只是**微微**點點頭。

暗中

範例：從數騎出，**微**行入古寺。

出自：〈左忠毅公逸事〉。

翻譯：帶著幾個騎馬的隨從，**暗中**進入寺廟。

變身動詞

伺察

範例：解使人**微**知賊處。

出自：《漢書》。

翻譯：郭解派人暗中**伺察**凶手的下落。

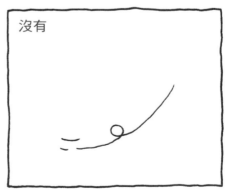

沒有

範例：**微**我，晉不戰矣！

出自：《國語》。

翻譯：**沒有**我，晉國就不會打這場仗了。

強，有力或是不有力（勉強）

強經常被用來形容一個人很強大，但你知道嗎？它同樣可以用來形容強勁有力的弓弩呢！

強

範例：秦任商君，國以富強。

出自：《鹽鐵論》。

翻譯：秦國任用商鞅，國家因此而強大。

強大

範例：蚓無爪牙之利，筋骨之強。

出自：《荀子》。

翻譯：蚯蚓沒有銳利的爪子和牙齒，沒有強健的筋骨。

強健

弓有力

範例：天下之強弓勁弩皆從韓出。

出自：《史記》。

翻譯：世界上有力的弓和強勁的弩，都是韓地的產物。

堅硬

範例：十年以上，強如石者為之。

出自：〈筆陣圖〉。

翻譯：放置十年以上，堅硬得像石頭一樣才能用。

變身名詞

範例：引強持滿以拒之。

出自：《後漢書》。

翻譯：拉開強勁有力的弓來抵禦他們。

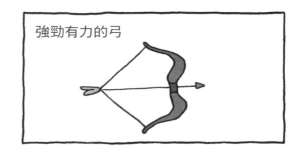

強勁有力的弓

通假字

範例：成王少，在強葆中。

出自：《史記》。

翻譯：成王幼小，尚在襁褓之中。

強葆，通「襁褓」，指包裹嬰兒的布、被子等

變身動詞

加強

範例：強本而節用，則天不能貧。

出自：《荀子》。

翻譯：加強農業生產並厲行節約，就算是上天，也不能使人貧困。

變身副詞

勉強

範例：留侯病，自強起。

出自：《史記》。

翻譯：張良生病了，卻勉強自己起來。

幽，安靜或是不光明

　　說到幽，你的腦海中會浮現出什麼樣的畫面呢？幽靜的森林？深邃的山谷？是不是跟下圖一樣呢？

範例：鳥鳴山更幽。
出自：〈入若耶溪〉。
翻譯：隨著聲聲鳥鳴，山中更顯得幽靜。

範例：出自幽谷，遷於喬木。
出自：《詩經》。
翻譯：鳥兒從幽深的山谷，遷移到高大的樹頂。

範例：研求幽邃，自王、何以還。
出自：《世說新語》。
翻譯：探究深奧的學問，自然在王弼、何晏以下。

範例：幽，不明也。
出自：《周易》。
翻譯：（山谷）昏暗，不光明。

變身動詞

囚禁

範例：身幽囹圄之中。

出自：〈報任安書〉。

翻譯：被囚禁在牢獄中。

通假字

通「黝」，黑色

範例：隰桑有阿，其葉有幽。

出自：《詩經》。

翻譯：窪地裡的桑樹多柔美啊，它的葉子濃密而且黑。

變身名詞

幽靜隱蔽的地方

範例：虎豹托幽，而威可載也。

出自：《管子》。

翻譯：虎豹憑藉幽靜隱蔽的地方，才可以保持威力。

幽州，古地名

範例：借問誰家子？幽并游俠兒。

出自：〈白馬篇〉。

翻譯：有人問他是誰家的少年，原來是幽州和并州的游俠。

甘，甘甜甘甜，卻不只有甜

甘有甜的意思，看上去就讓人心曠神怡。不如讓我們順著甘帶來的愉快心情往下看吧！

甘

範例：幣重而言甘，誘我也。
出自：《左傳》。
翻譯：禮物貴重且言語動聽，這是在誘騙我。

動聽

鬆動

範例：斵輪，徐則甘而不固。
出自：《莊子》。
翻譯：砍削木頭製造車輪，（榫頭）做得太寬就會鬆動而不牢固。

甜

範例：誰謂荼苦，其甘如薺。
出自：《詩經》。
翻譯：誰說苦菜苦，（在我看來）它就跟薺菜一樣甜。

味美

範例：其味甘，其臭香。
出自：《禮記》。
翻譯：它的味道很甜美，聞起來很香。

變身動詞

範例：蟲飛薨薨，甘與子同夢。

出自：《詩經》。

翻譯：蟲子飛來嗡嗡響，情願與你一起進入夢鄉。

情願，甘心

意動用法

範例：饑者甘食，渴者甘飲。

出白：《孟子》。

翻譯：饑餓的人認為食物都很美味，口渴的人認為水都很甘甜。

認為……甘美

變身名詞

黃柑，果名

味美的食物

範例：於是乎盧橘夏熟，黃甘橙楱，枇杷燃柿……列乎北園。

出自：〈上林賦〉。

翻譯：在這裡，盧橘都在夏天成熟，黃柑、柳丁，枇杷、酸棗……都列植在北邊的園子裡。

範例：食不求甘。

出自：《後漢書》。

翻譯：在飲食方面，不要求味美的食物。

苦，沒有別的意思，就是苦

苦是甘的反義詞，讀起來就感覺口中苦苦的呢！雖然聽起來不太美妙，但它的意義卻很重要！

苦

範例：蓋以苦學力文所致。

出自：〈與元九書〉。

翻譯：大概是因為年輕時刻苦學習導致的。

範例：樂歲終身苦，凶年不免於死亡。

出自：《孟子》。

翻譯：收成好的時候也總是生活在困苦之中，收成壞的時候免不了要被餓死。

範例：味苦而微辛。

出自：〈苦齋記〉。

翻譯：味道苦中帶一點辛辣。

範例：故農之用力最苦。

出自：《商君書》。

翻譯：所以農民的工作最辛勞。

變身名詞

苦菜

範例：采苦采苦，首陽之下。

出自：《詩經》。

翻譯：（翻山越嶺的）採苦菜，一直尋到首陽山下。

變身動詞

折磨

範例：我醉，汝道苦我，何故？

出自：《呂氏春秋》。

翻譯：我喝醉了，你卻在路上折磨我，這是為什麼？

使動用法

使……痛苦

範例：必先苦其心志，勞其筋骨。

出自：《孟子》。

翻譯：一定要先使他的內心痛苦，使他的身體勞累。

為動用法

為……所苦

範例：澤居苦水者，買庸而決竇。

出自：《韓非子》。

翻譯：居住在為澇災所苦的地方的人，雇人來挖渠排水。

老，沒有人喜歡被這個字形容

提起老，就容易讓人感嘆光陰易逝。停停停！現在還不是感慨的時候！先來了解一下老字的各種含義吧！

老

範例：然屋老且敗。

出自：〈龜山楊先生祠堂記〉。

翻譯：然而屋子陳舊又破敗。

陳舊

範例：今老矣，無能為也已。

出自：《左傳》。

翻譯：現在年紀大了，沒有能力再做事情了。

年歲大

深遠的

範例：既無老謀，而又無壯事。出自：《國語》。

翻譯：既沒有深遠的謀略，又沒有壯舉。

衰竭，倦怠

範例：楚師老矣，必敗。

出自：《國語》。

翻譯：楚軍已經倦怠，必然會戰敗。

變身名詞

老人

範例：老吾老，以及人之老。

出自：《孟子》。

翻譯：尊敬自己家的老人，也要尊敬別人家的老人。

古代臣子的稱謂

範例：將不得為寡君老。

出自：《左傳》。

翻譯：將不能再作敝國國君的臣子。

變身動詞

終老

範例：令五人者保其首領，以老於戶牖之下。

出自：〈五人墓碑記〉。

翻譯：讓這五個人保全頭顱，一直在家中到終老。

年老退休

範例：君盍老而授之政！

出自：《國語》。

翻譯：你何不趁著年老退位，把政事交給別人！

清，就是乾淨

　　說到清，腦海中就會浮現出一條清澈見底的小溪，真讓人心情愉悅呢！但是除了清澈，清還有別的意思嗎？

清

範例：少為縣吏，以清公稱。

出自：《三國志》。

翻譯：年輕時作為縣吏，以清廉公正著稱。

範例：相彼泉水，載清載濁。

出自：《詩經》。

翻譯：那汩汩流淌的山泉水，有時清澈有時混濁。

範例：吉甫作誦，穆如清風。

出自：《詩經》。

翻譯：吉甫作的歌詞，柔和得像清涼的風。

範例：必靜必清，無勞女形。

出自：《莊子》。

翻譯：一定要保持寧靜和清閒，不要讓你的身體疲累勞苦。

變身名詞

範例：二三日乃於清中糞下啼。

出自：《風俗通義》。

翻譯：兩三天後，才發現她在廁所的糞堆裡啼哭。

範例：公及宋公遇於清。

出自：《左傳》。

翻譯：隱公和宋公在清地會見。

範例：龍食於清，游於清。

出自：《論衡》。

翻譯：龍在清水中覓食，在清水中游動。

變身動詞

範例：父母聞之，清宮除道，張樂設飲。

出自：《戰國策》。

翻譯：父母聽到消息後，清理房屋，打掃街道，張羅音樂，擺下酒席。

閒，清閒清閒

說到閒，你是不是會想到清閒一詞？想休息一下了嗎？別急，這是最後一個字了，先把它看完吧，做事得有始有終哦！

閒

範例：四海無閒田，農夫猶餓死。

出自：〈憫農〉。

翻譯：普天之下沒有閒置的農田，卻仍有窮苦的農民被餓死。

範例：閒靜而不躁。

出自：《淮南子》。

翻譯：文靜並且不聒噪。

範例：逢執事之不閒，而未得見。

出自：《左傳》。

翻譯：碰上您沒有空閒，因此沒能見到。

範例：閒夜肅清，朗月照軒。

出自：〈贈秀才入軍·其十五〉。

翻譯：安靜的夜晚冷冷清清，明朗的月光照在軒廊之間。

變身名詞

範例：今民賣僮者，為之繡
衣絲履偏諸緣，內之閑中。

出自：《漢書》。

翻譯：如今那些賣童僕的
人，給童僕穿上繡邊的衣服
和絲邊的鞋子，然後把他們
關進交易人口的欄中。

遮攔阻隔之物

養馬的圈

範例：天子十有二閑，馬六種。

出自：《周禮》。

翻譯：天子擁有十二個馬圈，六
種馬。

界限

範例：制禮不踰閑。

出自：《漢書》。

翻譯：制定禮儀不能超過一定
的界限。

變身動詞

範例：雖收放心，閑之惟
艱。

出自：《尚書》。

翻譯：這些人即使加以懲戒
也只能讓他們收斂一時，但
很難限制他們。

限制

*若為柵欄、限制之意時，只能用閑。

諡號，就是古人的歷史定位

諡號是指古代帝王、貴族、大臣等死後，後人按其生前事蹟進行評定，給予或褒或貶的稱號。

帝王

文

周文王

文：具有經天緯地的才能，即政治才識卓越不凡。

武

漢武帝

武：在位期間武德卓絕。

懷

楚懷王

懷：性格仁慈但能力不足。

哀

漢哀帝

哀：功績不足，並且壽命較短。

紂

商紂王

紂：殘暴不仁，作惡多端。

煬

隋煬帝

煬：廢棄禮儀又遠離賢臣。

文臣

文正

司馬光

文正：德才兼備，恪盡職守，是宋朝以來文臣諡號的最高等級。

文忠

蘇東坡

文忠：品行高尚、愛民，是高等級的文臣諡號。

文成

劉伯溫

文成：才學卓絕，施政有方，以民為本，是高等級的文臣諡號。

武將

忠武

岳飛

忠武：英勇善戰，為國為民，是武將諡號的最高等級。

忠肅

于謙

忠肅：文能安國，武能定邦，是高等級的武將諡號。

武寧

徐達

武寧：為人小心，用兵穩重，是高等級的武將諡號。

話講白就沒意思了，你需要「意象」

古人借助某種事物形容另一種事物，或者傳達一種特殊情感，這種約定俗成的表達就叫做意象。

冰雪
（高潔的品性）

範例：奈何冰雪操，尚與蒿萊群。出自：〈酬馬八郊古見贈〉。

翻譯：為何高潔的冰雪，還要與野草為伍。

楊柳
（離愁）

範例：昔我往矣，楊柳依依。出自：《詩經》。

翻譯：回想當初出征的時候，楊柳依依隨風飄揚。

月亮
（思鄉）

範例：舉頭望明月，低頭思故鄉。出自：〈靜夜思〉。

翻譯：抬起頭看看天上的月亮，低下頭不免思念起故鄉。

紅豆
（相思）

範例：豆有圓而紅、其首烏者，舉世呼為相思子。出自：《資暇集》。

翻譯：有一種豆子又圓又紅，頂部則是黑色的，被世人稱為相思子。

琴瑟
（夫妻感情和諧）

範例：諧和類琴瑟，堅固同膠漆。出自：〈贈外〉。

翻譯：感情和諧的就像琴和瑟，堅固的就像膠和漆。

神器
（王權）

範例：不知神器有命，不可以智力求也。出自：《漢書》。

翻譯：（他們）不知道王權是注定的，不能透過智慧和能力來獲得。

孔方

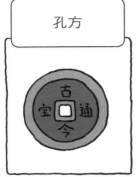

範例：錢之為體，有乾坤之象，內則其方，外則其圓……字曰「孔方」。

出自：〈錢神論〉。

翻譯：錢的外形就像乾坤一樣，外圓而內方……名叫孔方。

逐鹿
（爭霸天下）

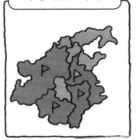

範例：秦失其鹿，天下共逐之。

出自：《史記》。

翻譯：秦國失去了天下，各地英雄豪傑都想來競爭。

鴻鵠（志氣高遠的人）

範例：燕雀安知鴻鵠之志。

出自：《史記》。

翻譯：麻雀哪裡知道大雁的志向呢？

雞肋
（沒有價值）

範例：夫雞肋，棄之如可惜，食之無所得。出自：《三國志》。

翻譯：就像那雞肋骨，丟掉覺得可惜，吃起來又沒有滋味。

杜康
（酒）

範例：何以解憂？唯有杜康。出自：《短歌行》。

翻譯：要用什麼來化解憂愁呢？只有杜康（酒）才能做到吧。

吳鉤
（精良的刀劍）

範例：男兒何不帶吳鉤，收取關山五十州。出自：〈南園十三首〉。

翻譯：大丈夫為什麼不帶著兵器，去收復關山五十州呢？

第 五 章

數詞、量詞、代名詞，
溝通無障礙

實詞是一個大分類，一切具有實際意義的詞語，都可以被劃分進實詞中。實詞不但包含我們熟悉的名詞、動詞、形容詞，還有接下來我們要認識的數詞、量詞和代詞。

　　一、二、三……百、千、萬，這些表示數目或順序的詞就叫做數詞。量詞經常與數詞一起出現，是用來表示人或事物的數量單位。代詞的作用就更不用說了，如果沒有你、我、他，日常交流會變得無比複雜。

　　在文言文中，這些表示數量關係的詞會發生什麼變化？古人又是如何稱呼彼此的呢？讓我們一起去書裡一探究竟吧！

一個人幹兩個人的活

一、二、三、四、五⋯⋯這些簡單的數字在文言文中，會發揮什麼樣的作用？

文言文中的數詞，往往一個人能幹兩個人的活。因為很多時候，文言文中的量詞都會被省略。這時，數詞不光要完成自己的工作，還要起到量詞的作用。

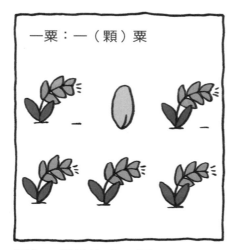

一粟：一（顆）粟

例句：渺滄海之**一**粟。
出自：〈赤壁賦〉。
翻譯：像滄海中的**一顆**米粒那樣渺小。

一食：吃一（次）

例句：**一食**或盡粟一石。
出自：〈馬說〉。
翻譯：有時**吃一次**飯能吃完整整一石糧食。

六七十：六、七十（個）

例句：箱奩六七十。

出自：〈孔雀東南飛〉。

翻譯：封裝衣物用的箱子有六、七十個。

三窟：多（個）洞穴

例句：狡兔有三窟。

出自：《戰國策·齊策四》。

翻譯：狡猾的兔子有多個（藏身的）洞穴。

一沐：洗一（次）

三握：握數（次）

例句：方一沐，三握其髮。

出自：〈後廿九日復上宰相書〉。

翻譯：每一次洗頭髮，（周公都）多次握著頭髮出來見客。

表不確定數目時，用概數

當需要表示一個不確定的數目時，就是概數出馬的時候了，畢竟我們不是任何時候都能掌握精準的數字。

數詞前加且、將、幾、可、無慮等

例句：北山愚公者，年且九十。
出自：《列子》。
翻譯：北山有個愚公，年紀將近九十歲了。

例句：將五十里也。
出自：《孟子》。
翻譯：將近五十里見方。

例句：漢之為漢，幾四十年矣。出自：〈論積貯疏〉。
翻譯：自從漢朝成立以來，接近四十年了。

例句：潭中魚可百許頭。
出自：〈小石潭記〉。
翻譯：水潭中的魚大約有一百多條。

例句：所擊殺者無慮百十人。
出自：〈馮婉貞勝英人於謝莊〉。
翻譯：被打死打傷的（敵軍）大約一百多個。

數詞後加許、所、有餘等

例句：從弟子女十人所。

出自：《史記》。

翻譯：跟著來的女弟子大約十來個人。

例句：自富陽至桐廬，一百許里。

出自：〈與宋元思書〉。

翻譯：從富陽縣到桐廬縣有一百里左右。

例句：十有餘載矣。

出自：〈論御臣之術〉。

翻譯：十多年了。

用相鄰的兩個數字表示概數。

例句：共事二三年。

出自：〈孔雀東南飛〉。

翻譯：（我們）共同生活了兩、三年。

例句：即捕得三兩頭。

出自：〈促織〉。

翻譯：即使捕捉到兩、三隻。

數詞會縮小，也會變大

　　在文言文裡，調皮的數詞會時不時的給你施個障眼法。你要仔細辨認後才能發現，原來有時候，數詞的大小和它要代表的數目之間，竟然沒有關係！

　　數詞出現在文言文中時，有時候並不一定指實際數量，而是指數量很少。

例句：**七八個**星天外，**兩三點**雨山前。

出自：〈西江月‧夜行黃沙道中〉。

翻譯：少有的**幾顆**星星時隱時現，山前下起**一點點**小雨。

　　文言文中形容數量很多時，常用十二、三十六等**三的倍數**，或**百、千、萬**來表示。數字越大，表示多的意味就越重。

例句：季文子**三思**而後行。

出自：《論語》。

翻譯：季文子每件事都**多次思考**後才行動。

例句：軍書**十二卷**。

出自：〈木蘭詩〉。

翻譯：**很多卷**徵兵文書。

例句：雖**千萬人**吾往矣。

出自：《孟子》。

翻譯：即使所面對的是**非常多的人**，我也要勇往直前。

例句：離宮別館，**三十六所**。

出自：〈西都賦〉。

翻譯：（供皇帝出巡時所居住的）宮殿和別墅有**很多座**。

古人用哪些文字排先後順序

和現在一樣，古時候的人們也要給事物排上序號。那麼，他們會用哪些文字來表示先後、大小這些常見的順序呢？

當長的讀音為漲時，有排行第一的意思。

例句：而長子邁將赴饒之德興尉。

出自：〈石鐘山記〉。

翻譯：大兒子蘇邁將要就任饒州德興縣的縣尉。

與現代用法相同，在文言文中也可以用第＋數詞表示序數。

例句：雲有第三郎，窈窕世無雙。

出自：〈孔雀東南飛〉。

翻譯：說（縣太爺）有個排行第三的公子，美好的樣子舉世無雙。

第六

在文言文中，還可
以直接用數詞表示
序數。

例句：聖人不能先知，六也。

出自：《論衡》。

翻譯：聖人不能預先知曉，這是第六條（證據）。

下一個

次有第二個、下
一個的意思。

例句：王當歃血而定從，次者吾君。

出自：《史記》。

翻譯：大王應當殺牲取血來簽訂同盟的契約，
下一個是我的主公。

第二次

再有又一次、第二
次的意思。

例句：一鼓作氣，再而衰，三而竭。

出自：《左傳》。

翻譯：第一次擊鼓能振作勇氣，第二次擊鼓勇
氣開始低落，第三次擊鼓勇氣已經衰竭了。

數詞也會做加法，有，就是相加

　　文言文中的數詞也會做加法，用「有」將前後兩個數連接起來，就可以表示兩數相加！

例句：臣密今年四十有四，祖母劉今年九十有六。

出自：〈陳情表〉。

翻譯：臣李密今年 44 歲了，祖母劉氏今 96 歲了。

例句：今夫差衣水犀之甲者億有三千。

出自：《國語》。

翻譯：如今（吳王）夫差手下穿著水犀皮鎧甲的士卒有十萬三千人。

　　我們還要注意，當兩個數直接相連的時候，往往表示的不是加法，而是乘法。

例句：**三五**之夜，明月半牆。
出自：《項脊軒志》。
翻譯：在每月**農曆十五**的晚上，明亮的月光照在牆上。

例句：急走趨之，乃**二八**姝麗。
出自：《聊齋志異・畫皮》。
翻譯：（書生）匆忙趕上，見是一個 **16 歲**左右的美麗女子。

　　聰明的古人早就掌握了分數，也經常用分數來表示事物。一起來看看文言文中有哪些分數吧！

不到十分之二三

用**無**等將兩數隔開，表示不到幾分之幾。

例句：與吾父居者，今其室十無二三焉。

出自：〈捕蛇者說〉。

翻譯：和我父親住在一起的人家，現在十戶當中只有不到兩、三戶了。

十分之一二

用之等將兩數隔開，表示幾分之幾。

例句：然民之遭水旱疾疫而不幸者，不過十之一二矣。出自：〈治平篇〉。

翻譯：可是老百姓遭到水旱疾病之災而死亡的，十個中不過一、兩個罷了。

十分之六七

兩數連用，表示幾分之幾。

例句：藉第令毋斬，而戍死者固十六七。

出自：《史記》。

翻譯：縱使能令免於斬刑，去守衛邊塞死掉的人也有十分之六七。

表示幾分之幾時，前數是
分母，後數是分子。

例句：蓋余所至，比好遊者尚不能十一。
出自：〈遊褒禪山記〉。
翻譯：大概我所到達的地方，和那些喜歡
遊玩的人相比，還不足他們的十分之一。

以分母＋名詞＋之＋分子，
表示幾分之幾。

例句：大都不過三國之一。
出自：《左傳》。
翻譯：國內最大的城池，不能超過國都的
三分之一。

以分母＋分＋
名詞＋之＋分
子，表示幾分
之幾。

例句：方今大王之兵眾不能十分吳楚之一。
出自：《史記》。
翻譯：如今大王的士兵，還不到吳楚的十分之一。

一作為數詞中的第一位，在文言文中十分活躍。不僅用法靈活，還具有多種意義哦！

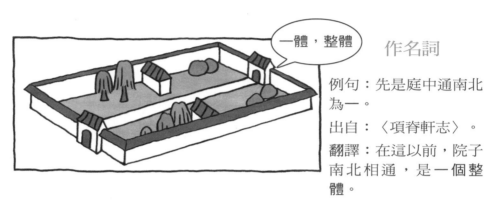

一體，整體

作名詞

例句：先是庭中通南北為一。

出自：〈項脊軒志〉。

翻譯：在這以前，院子南北相通，是一個整體。

作形容詞

全

例句：而或長煙一空。

出自：〈岳陽樓記〉。

翻譯：有時大片煙霧完全消散。

專一

作形容詞

例句：上食埃土，下飲黃泉，用心一也。出自：《荀子·勸學》。

翻譯：（蚯蚓）向上能吃到泥土，向下可以喝到地下水，這是由於它用心專一啊。

作動詞

例句：六王畢，四海一。

出自：〈阿房宮賦〉。

翻譯：六國覆滅，天下統一。

作副詞

例句：公子誠一開口請如姬，如姬必許諾。

出自：《史記》。

翻譯：公子一旦開口請求如姬（相助），如姬必定會答應公子。

作副詞

例句：寡人之過，一至此乎？

出自：《史記》。

翻譯：我的過錯，竟到這種地步嗎？

長度、重量、容量單位，通通稱為量詞

　　長度單位、重量單位和容量單位等，統統歸屬於量詞。伸出我們的手掌，離手掌一寸長的手腕部位叫做寸口。古人將這個距離稱為「寸」，即古時常用的長度單位。

作形容詞：微少，微小
例句：以有尺寸之地。
出自：〈六國論〉。
翻譯：才有很少的一點土地。

作名詞：中醫把脈部位名稱之一
例句：脈三部：寸、關、尺也。
出自：《難經》。
翻譯：把脈有三個部位：寸、
　　　關、尺。

寸

作量詞：長度單位
例句：布指知寸。
出自：《大戴禮記》。
翻譯：伸開拇指和食指，便知
道一寸的長度。

作形容詞：短暫的
例句：寄餘命於寸陰。
出自：〈思舊賦〉。
翻譯：剩下的美好生命，託付
給短暫的光陰。

我們經常用尺來測量長度，其實，尺本身也是古代的長度單位。

作量詞：長度單位

例句：鄒忌修八尺有餘。

出自：〈鄒忌諷齊王納諫〉。

翻譯：鄒忌身高八尺多。

作名詞：量長度的器具

例句：衣工秉刀尺，棄我忽若遺。

出自：〈答傅咸〉。

翻譯：裁縫把持著剪刀和尺子，把我這身懷巧技的人丟棄在一邊。

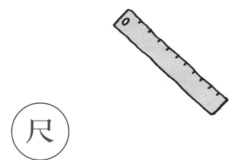

尺

作形容詞：狹小的

例句：夫尺澤之鯢。

出自：〈對楚王問〉。

翻譯：狹小的水面上的魚（比喻見識短淺的人）。

作形容詞：表示少、短

例句：不得持尺兵。

出自：《戰國策》。

翻譯：不能帶短小的兵器。

　　長度單位可不只寸和尺，在它們之上，還有丈。一丈為十尺，等於一百寸。

作量詞：長度單位

例句：白髮三千丈，緣愁似個長。

出自：〈秋浦歌〉。

翻譯：（我的）白髮有三千丈，憂愁的思緒就像白髮一樣長。

作動詞：丈量，測量

例句：巡丈城，繕守備。

出自：《左傳》。

翻譯：巡查測量城郭，修補守護裝備。

作名詞：對長輩的尊稱

例句：至江上，欲涉，見一丈人。

出自：《呂氏春秋》。

翻譯：到了江邊，想要渡江，看到了一位老人。

作名詞：女子的配偶

例句：其丈夫官，三年不歸。

出自：《戰國策》。

翻譯：她的丈夫在外做官，三年沒有回家。

　　尋，古時候的字形像一個人伸開兩臂去丈量的樣子，所以尋的本意是一種長度單位，即伸開兩臂的長度。

作量詞：古代長度單位

例句：溪之外翠壁千**尋**。

出自：《遊三遊洞記》。

翻譯：深溪兩岸的山壁高達千尋（一尋約為八尺或七尺）。

作形容詞：長

例句：深溪峭岸，峻木**尋**枝。

出自：《淮南子》。

翻譯：幽深的河流、陡峭的岸壁，大樹有長長的枝椏。

作動詞：尋覓，尋求

例句：太守即遣人隨其往，**尋**向所志。

出自：〈桃花源記〉。

翻譯：太守立即派人跟著他前去，**尋**找先前做的標記。

作副詞：隨後，不久

例句：**尋**蒙國恩，除臣洗（音同顯）馬。

出自：〈陳情表〉。

翻譯：不久後又受到國家的重用，任命我為洗馬（古時官職名）。

我們時常會聽到「一匹馬」這樣的表述，但在最初，匹其實是計算布帛長度的單位。

作量詞：計算布帛的長度單位

例句：因以文繡千匹，好女百人，遺義渠君。

出自：《戰國策》。

翻譯：於是拿出了錦繡一千匹，漂亮的女子一百人，贈送給了義渠君。

作量詞：用於計算騾馬的頭數

例句：皆賜玉五瑴（音同絕），馬三匹。

出自：《左傳》。

翻譯：都賞賜五對玉，三匹馬。

作動詞：相配

例句：築城伊淢，作豐伊匹。

出自：《詩經》。

翻譯：修築城牆挖好護城溝，作邑相配可真不錯。

作名詞：配偶

例句：嘆匏瓜之無匹兮，詠牽牛之獨處。

出自：〈洛神賦〉。

翻譯：為匏瓜星（古代星名）沒有配偶而嘆息，為牽牛星的獨處而哀詠。

里在古代，最常被作為量詞使用。

作量詞：長度單位

例句：皓月千里。

出自：〈岳陽樓記〉。

翻譯：皎潔的月光一瀉千里。

作量詞：戶口編制單位

例句：五家為鄰，五鄰為里。

出自：《周禮》。

翻譯：五戶人家是一鄰，五鄰是一里。

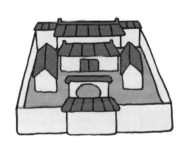

里

作名詞：憂傷

例句：瞻卬昊天，云如何里。

出自：《詩經》。

翻譯：仰望蒼天晴朗無雲，（怎樣止旱）令我憂傷。

作名詞：住宅

例句：以廛里任國中之地。

出自：《周禮》。

翻譯：用國都中的土地作為住宅。

升，最初的意思是指像勺一樣的容器，後來引申為容量單位。

作量詞：容量單位

例句：良地一畝，用子五升。

出自：《齊民要術》。

翻譯：一畝好的田，要用五升穀種。

作量詞：布匹粗細單位

例句：八升之布，一豆之食，足矣。

出自：《說苑·臣術》。

翻譯：八升布，一點點吃的就滿足了。

作動詞：上升

例句：如月之恆，如日之升。

出自：《詩經》。

翻譯：像上弦月漸滿，像太陽正升起。

作動詞：（穀物）成熟

例句：舊穀既沒，新穀既升。

出自：《論語》。

翻譯：陳穀已經吃完了，新穀已經成熟。

　　隨著時代的變遷，斗的意思也在不斷發生變化。從最初裝酒的器具，成為計量糧食的工具，後來又引申為容量單位。

作量詞：容量單位

例句：吾不能為五斗米折腰。

出自：《晉書・陶潛傳》。

翻譯：我不能為了五斗（一斗等於十升）米喪失尊嚴。

作名詞：北斗星

例句：斗折蛇行，明滅可見。

出自：〈小石潭記〉。

翻譯：（小溪）像北斗星那樣曲折，（水流）像蛇爬行一樣彎曲，時現時隱。

作名詞：量糧食的器具

例句：掊斗折衡，而民不爭。

出自：《莊子》。

翻譯：只要剖開斗斛、折斷秤尺，百姓就不會爭奪了。

作名詞：盛酒器

例句：玉斗一雙，再拜奉大將軍足下。

出自：《史記》。

翻譯：（帶了）玉製盛酒器一對，拜兩拜獻給大將軍。

　　石也是古時常用的量詞。作量詞時，石可不再是冷冰冰的石頭，而是一個容量單位，讀作「但」。

作量詞：容量單位

例句：飲至一石，貌益莊，言愈謹。

出自：〈丁藥園外傳〉。

翻譯：（他）飲酒到一石的時候，容貌越發端莊，言談越加謹慎。

作量詞：重量單位

例句：素木鐵器若厄茜千石。

出自：《漢書》。

翻譯：一千石原色木器、鐵器及染料。

作量詞：官俸計算單位

例句：千石之令，短兵百人。

出自：《商君書》。

翻譯：一千石俸祿的縣令，可以有一百個衛兵。

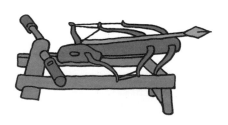

作量詞：弓弩強度的單位

例句：衣三屬之甲，操十二石之弩。

出自：《荀子》。

翻譯：（讓他們）穿上三種依次相連的鎧甲，拿著拉力為十二石的弩弓。

　　金字旁的銖看起來金光閃閃的，但它的分量可小了。銖作為重量單位，換算成現代的單位，僅僅只有 0.65 公克。

作量詞：重量單位

例句：雖有千金，不能以用一銖。

出自：《商君書》。

翻譯：即使有千金，也不能使用一銖（違法的錢）。

作形容詞：鈍的

例句：其兵戈銖而無刃。

出自：《淮南子》。

翻譯：他們的兵器鈍，而且沒有開刃。

銖

作形容詞：極細微

例句：寒女之絲，銖積寸累。

出自：〈裙靴銘〉。

翻譯：貧家女刺繡的鞋子，是一點一滴累積而成的。

作名詞：極輕的重量

例句：千鈞之重，加銖兩而移。

出自：《史記》。

翻譯：千鈞重的東西，加上一點點重量，（秤）就會發生變化。

　　兩不是數詞嗎？為什麼會出現在量詞的地盤呢？原來它同時也是重量單位，二十四銖就是一兩。

作量詞：重量單位

例句：橐中有銀數百**兩**。

出自：〈巢谷傳〉。

翻譯：（我）口袋裡有幾百**兩**銀子。

作量詞：匹，用於布帛

例句：重錦三十**兩**。

出自：《左傳》。

翻譯：精美的絲織品 30 匹。

作量詞：軍隊編制單位

例句：二十五人為**兩**。

出自：《周禮》。

翻譯：25 人為一**兩**。

作量詞：雙

例句：葛履五**兩**。

出自：《詩經》。

翻譯：用葛布製作而成的草鞋五**雙**。

現在，人們也常拿斤作為重量單位。現代的一斤是十六兩，和古時候一模一樣。牢記半斤八兩這個成語，就不怕記不住！

作量詞：重量單位

例句：復賜酒一石，肉百斤。

出自：《漢書》。

翻譯：又賞（他）酒一石，肉一百斤。

作名詞：一種農具

例句：惡金以鑄鋤、夷、斤、斸。

出自：《國語》。

翻譯：鐵用來製造鋤、夷、斤、斸等農具。

作動詞：砍伐

例句：何為謬傷海鳥，橫斤山木？

出自：《南史》。

翻譯：為什麼胡亂傷害自由自在的海鳥，蠻橫的砍伐山林中的樹木？

作名詞：古代砍伐樹木的工具

例句：山林非時，不升斤斧。

出自：《逸周書》。

翻譯：山林生長的時候，不要用斤斧去砍伐。

　　說到方，我們總會想到方方正正的物體。那麼一個方正的物體該用什麼量詞？不妨接著往下看吧！

作量詞：用於方形物體

例句：左右取得，開有一方白玉。

出自：《十六國春秋》。

翻譯：左右侍從將其打開，裡面有一方白玉。

作名詞：方向，方位

例句：東方明矣，朝既昌矣。

出自：《詩經》。

翻譯：東方亮了，官員已站滿朝堂。

作形容詞：方正，剛直

例句：夫王者之心，方而不最。

出自：《管子》。

翻譯：王者的心態，剛直而不走極端。

作動詞：占據

例句：維鵲有巢，維鳩方之。

出自：《國風》。

翻譯：喜鵲築巢，鳲鳩飛來占據巢穴。

乘是一個破音字，當它表示乘法、乘坐時，讀作「成」，當它作為量詞使用時，讀作「剩」。

作量詞：用於計算車、馬、舟等

例句：命子封帥車二百乘以伐京。

出自：《左傳》。

翻譯：命子封率領兩百輛兵車，去討伐京邑。

作量詞：地積單位

例句：燕王悅之，養之以五乘之奉。

出自：《韓非子》。

翻譯：燕王很高興，用 30 平方公里土地的俸祿去供養他。

乘

作名詞：一車四馬為一乘

例句：王說之，益車百乘。

出自：《莊子》。

翻譯：君王對此很高興，給他們增加了 100 車。

作數詞：四的代稱

例句：叔于田，乘乘馬。

出自：《詩經》。

翻譯：尊貴的大人出門圍獵，乘著四匹馬拉的大車。

數詞和量詞成對出現，成為數量詞

在文言文中，量詞一般和數詞成對出現，人們稱之為數量詞。可以說因為數詞，量詞才有了意義。

名量詞是表示人或事物的單位。當需要表示人或事物的數量時，可以使用數詞＋名量詞的方式。

例句：並獻金銀珠寶十五種。
出自：《舊唐書》。
翻譯：並獻上了金銀珠寶十五種。

例句：以一杯酒澆入口中，以一枝桃花簪入髮角。
出自：《遊桃花記》。
翻譯：把一杯酒灌進口中，把一枝桃花插入鬢角。

例句：一簞食，一瓢飲，在陋巷，人不堪其憂。
出自：《論語》。
翻譯：吃一碗飯，喝一瓢白水，住在破舊的房子裡，別人忍受不了這種貧苦的生活。

動量詞是表示動作行為的單位。當需要表示動作的數量時，一般使用數詞＋動量詞的方式。

例句：巴東三峽巫峽長，猿鳴**三聲**淚沾裳。
出自：〈三峽〉。
翻譯：巴東三峽之中巫峽最長，猿猴鳴叫**幾聲**，淒涼得令人眼淚打溼衣裳。

例句：**五次**清查，未得要領。
出自：《清史稿》
翻譯：經過**五次**清查，都沒有頭緒。

幾聲

五次

三遍

例句：吾於書讀不過**三遍**，終身不忘也。
出自：〈張中丞傳後敘〉。
翻譯：我讀書不超過**三遍**，就能一輩子不忘。

跬、舍、鍾，融為一體的數量詞

古代有些表示長度、重量的數詞，常與量詞融為一體，相當於一個數量詞。

例句：故不積跬步，無以至千里。
出自：《荀子・勸學》。
翻譯：所以沒有一步半步的累積，就不能到達千里之外。

跬：半步，即跨出一隻腳

舍：一舍為三十里

例句：晉楚治兵，會於中原，其避君三舍。
出自：《國語》。
翻譯：晉國與楚國交戰，在中原相遇，我們晉國會主動退讓九十里。

例句：萬鍾則不辨禮義而受之。
出自：《孟子》。
翻譯：得到高官厚祿（萬鍾在此處引申為高官厚祿），卻不考慮是否合乎禮義就接受。

鍾：六斛四斗

例句：布帛**尋常**，庸人不釋。

出自：《韓非子》。

翻譯：布帛雖然僅有「**尋**」「**常**」那樣長，普通百姓仍不肯放棄。

例句：奈何取之盡**錙銖**，用之如泥沙。

出自：〈阿房宮賦〉。

翻譯：為什麼掠取財寶時搜刮到不剩一**錙**一**銖**（此處錙銖比喻極其微小的數量），耗費起財寶來竟像對待泥沙一樣？

你、我、他，溝通少不了代詞

我們在交談中，免不了要出現人物，用我、你、他等詞語來指代，這樣的詞就叫做人稱代詞。在古代，人稱代詞有許多不同的表現形式。

各種各樣的我

例句：顧吾念之，強秦之所以不敢加兵於趙者，徒以吾兩人在也。

出自：《史記》。

翻譯：但我想，強大的秦國之所以不敢對趙國用兵，就是因為有我們兩個在呀。

例句：魚，我所欲也；熊掌，亦我所欲也。

出自：《孟子》。

翻譯：魚，是我想要的；熊掌，也是我想要的。

例句：自知其陋而謹護其失。

出自：〈問說〉。

翻譯：自己知道自己的淺薄，卻嚴密的掩蓋自己的過錯。

例句：他人有心，**予**忖度之。

出自：《詩經》。

翻譯：別人有什麼心思，**我**都能揣測到。

例句：嘗貽**余**核舟一。

出自：〈核舟記〉。

翻譯：（王叔遠）曾經贈送給**我**一個用桃核雕刻而成的小船。

例句：知**己**知彼，百戰不殆。

出自：《孫子兵法》。

翻譯：了解**自己**也了解敵方，每一次戰鬥才不會失敗。

古人這樣謙稱自己

臣在古代是官員面對
君王時的自稱。

例句：臣之妻私臣。

出自：〈鄒忌諷齊王納諫〉。

翻譯：我的妻子偏愛我。

愚是人們面對尊敬
之人時的自稱。

例句：愚以為宮中之事，事無大小，悉以咨之。

出自：〈出師表〉。

翻譯：我認為宮中的事情，無論大小，都應徵詢他們。

僕本是指奴隸、奴
僕，也為古人對自己
的謙稱。

例句：僕所以留者，待吾客與俱。

出自：《戰國策》。

翻譯：我停留的原因，是在等待我的朋友，（我）要和他一起去。

帝王諸侯的自稱

朕

自秦始皇二十六年起，訂定朕為帝王自稱之詞。

例句：朕為始皇帝。

出自：《史記》。

翻譯：我是第一個皇帝。

孤和寡人一般為古代帝王與諸侯王的自稱。

寡人

例句：桓侯曰：「寡人無疾。」

出自：《韓非子》。

翻譯：蔡桓公說：「我沒病。」

孤

例句：孤違蹇叔，以辱二三子。

出自：《左傳》。

翻譯：我違背了蹇叔的勸告，讓大家受了委屈。

「你」還可以怎麼說？

不僅我有很多名字，你的名字也不少哦！讓我們一起來看看古人是怎麼稱呼對方的吧！

例句：**爾**為**爾**，我為我。

出自：《孟子》。

翻譯：你是你，我是我。

例句：吾與**汝**畢力平險。

出自：《列子》。

翻譯：我跟你們齊力挖平險峻的大山。

例句：**子**何恃而往？

出自：〈為學一首示子姪〉。

翻譯：你憑什麼去呢？

例句：君安與項伯有故？

出自：《史記》。

翻譯：您怎麼和項伯有交情的？

例句：足下今能如此，可謂異代一時。

出自：《北齊書》。

翻譯：您現在能這樣做，可以說是不同時代的同一種行為啊。

例句：公等遇雨，皆已失期。

出自：《史記》。

翻譯：你們碰到了大雨，都已經誤了朝廷規定的期限了。

彼、伊、渠，都是他

在兩個人的交談中，總是不可避免的出現第三個人。那麼，古人怎樣稱呼這第三個人呢？

例句：彼又使譎詐之士。

出自：《韓非子》。

翻譯：對方任用了一些狡詐陰險的小人。

例句：必先苦其心志，勞其筋骨。

出自：《孟子》。

翻譯：一定要先使他的內心痛苦，使他的身體勞累。

例句：愛共叔段，欲立之。

出自：〈鄭伯克段於鄢〉。

翻譯：（武姜）偏愛共叔段，想立他為世子。

例句：吾見張時，伊已六十。

出自：《南史》。

翻譯：我見到張氏時，他已經 60 歲了。

例句：思**厥**先祖父，暴霜露，斬荊棘。

出自：〈六國論〉。

翻譯：想到**他們的**祖輩父輩，冒著寒霜雨露，披荊斬棘。

例句：雖與府吏要，**渠**會永無緣。

出自：〈孔雀東南飛〉。

翻譯：雖然（我）和府吏有過誓約，卻再沒有機會和**他**相會。

古今度量衡有差異，8尺到底多高？

歷朝歷代，人們使用的計量單位和背後的數值都不盡相同。那麼，這些單位跟我們現代所使用的又有什麼不一樣呢？

身高的計算單位「尺」

三國時期 1 尺大約 23.1 公分，諸葛亮高 8 尺，約為 184.8 公分。

10 歲兒童身高大約為 140 公分，相當於三國時期的 6 尺。

8 尺	200cm
8 尺	180cm
7 尺	160cm
6 尺	140cm
5 尺	120cm
4 尺	100cm
	80cm
3 尺	60cm
2 尺	40cm
1 尺	20cm

古　　　　　　　今

畝，田地的計算單位

周朝

一畝約 368 平方公尺

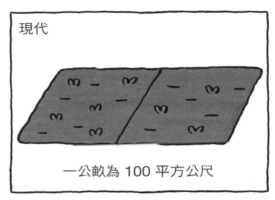

現代

一公畝為 100 平方公尺

例句：百畝之田，勿奪其時，數口之家可以無饑矣。

出自：《孟子》。

翻譯：百畝大的田地，不要耽誤它的耕作時節，數口之家就可以不受饑餓了。

水的計算單位「升」

秦朝

1 升約 200 毫升

現代

1000mL

1 升等於 1,000 毫升

例句：君豈有斗升之水而活我哉？

出自：《莊子》。

翻譯：你有沒有斗升之水能救活我啊？

朱門指有錢人家，平民百姓呢？

含蓄的古人常常在文章中，用一件看似不相干的東西，去代指另一件事物，這些代稱看起來風馬牛不相及，所以我們在閱讀時，可要當心！

例句：西陸蟬聲唱，南冠客思侵。出自：〈在獄詠蟬〉。

翻譯：秋天的蟬在鳴叫，令作囚徒的我產生了悲傷。

例句：執經杏壇，覿聖人之德輝。出自：〈答鮑覺生書〉。

翻譯：手捧經書在杏壇（聽孔子講學），見到了聖人的道德光輝。

例句：縉紳之交於孟祥者，為詩以歌詠之。

出自：〈雪屋記〉。

翻譯：與徐孟祥交往的士大夫，作詩來歌詠它（房子）。

例句：排朱門，入紫闥。

出自：〈錢神論〉。

翻譯：（錢能夠）推開富貴官宦之家的門，進入宮門。

廟堂（朝廷）

例句：居廟堂之高則憂其民。

出自：〈岳陽樓記〉。

翻譯：在朝廷做官就應當心繫
百姓。

祝融（火神）

例句：是祝融、回祿之相吾子
也。

出自：〈賀進士王參元失火
書〉。

翻譯：這真是火神祝融、回祿
所給予您的莫大幫助啊！

伽藍（寺廟）

例句：今之伽藍，制過宮闕。

出自：《資治通鑑》。

翻譯：當今的寺廟，建築規模
上已經超過皇帝的宮殿。

白丁（平民百姓）

例句：談笑有鴻儒，往來無白
丁。

出自：〈陋室銘〉。

翻譯：到這裡談笑的，都是知
識淵博的人，交往的沒有平民
百姓。

第六章

之乎者也，
這些字就是虛詞

　　大家在看古裝劇的時候，是不是總見到古人搖頭晃腦的叨念「之乎者也」呢？其實，這些字就是虛詞。

　　虛詞是文言文中最常見的詞類之一，在句子中一般沒有實際意義，只是為了將詞語組合起來，連成一個句子。但是，我們可不能因為這樣就小看它們，畢竟它們在文言文中出現的頻率非常高！

　　現在，一起來動腦筋，摸清虛詞的規律，解鎖豐富多彩的虛詞世界吧！

之，助詞、代詞、連詞意思都不同

〈人有賣駿馬者〉

原文：人有賣駿馬者，比三旦立於市，人莫知之。往見伯樂曰：「臣有駿馬，欲賣之，比三旦立於市，人莫與言。」

代詞，指駿馬

翻譯：有個賣駿馬的人，連著三個早晨站在集市上，（卻）沒有人知道他賣的是駿馬。（於是他）去拜見相馬的專家伯樂說：「我有一匹駿馬，（我）想要賣掉它，（但我）連著三個早晨站在集市上，都沒有人來問過。」

原文：「願子還而視之，去而顧之，臣請獻一朝之賈。」伯樂乃還而視之，去而顧之，一旦而馬價十倍。

助詞，的

翻譯：「希望您能圍著（我的馬）查看它，離開時再回頭看它一眼，我願意為您奉上一天的報酬。」伯樂就走過去，圍著那匹馬查看它，離開時，又回頭看了一眼那匹馬。一個早上，馬的價格就成了原來的十倍。

助詞的之

無義

例句：鵬之徙於南冥也，水擊三千里。

出自：《莊子》。

翻譯：鵬往南邊的大海遷移時，翅膀拍打著水面，可以激起三千里的浪濤。

表停頓，無義

例句：久之，目似瞑。

出自：《聊齋志異》。

翻譯：時間長了，眼睛好像閉上了一樣。

的，得

例句：天下之刖者多矣，子奚哭之悲也？

出自：《韓非子》。

翻譯：天下受斷足刑的人多了，你為什麼哭得這樣悲痛呢？

助詞的之

例句：吾從北方聞子為梯，將以攻宋。宋何罪之有？

出自：《墨子》。

翻譯：我從北方聽說你要用雲梯攻打宋國。宋國又有什麼罪？

連詞的之

例句：作其鱗之而。

出自：《周禮》。

翻譯：翹起它的鱗甲和鬍子。

代詞的之

例句：我見相如，必辱之！

出自：《史記》。

翻譯：我遇見藺相如，一定要羞辱他一番。

例句：之子於歸，宜其室家。

出自：《詩經》。

翻譯：這位姑娘出嫁了，定能使家庭和順又美滿。

而，來、如果、但是的意思

〈狐假虎威〉

翻譯：老虎尋找各種野獸來吃，（一次）捉到一隻狐狸。狐狸說：
「（依我看）你不敢吃我吧！老天爺派我來管你們百獸，現在你吃掉
我，就是違抗老天爺的命令。」

原文：「子以我為不信，吾為子先行，子隨我後，觀百獸之見我而敢不走乎？」

連詞，無義

翻譯：「你如果認為我的話不可信，（就讓）我走在你的前面，你跟在我的後面，看看野獸們見了我，有哪一個敢不逃跑的嗎？」

連詞的而

例句：因釋其耒而守株，冀復得兔。

出自：《韓非子》。

翻譯：於是，他放下農具守在樹椿子旁邊，希望能再得到一隻兔子。

例句：人而無知，與木何異？

出自：〈神滅論〉。

翻譯：人如果沒有知覺，那和木頭有什麼不同？

例句：青，取之於藍，而青於藍。

出自：《荀子》。

翻譯：靛青是從藍草裡提取的，但是比藍草的顏色更深。

代詞的而

例句：而翁歸，自與汝復算耳！

出自：《聊齋志異》。

翻譯：你的父親回來了，自然會跟你再算帳的！

助詞的而

例句：已而已而！今之從政者殆而！

出自：《論語》。

翻譯：罷休吧罷休吧！現在當官的多麼危險啊！

例句：夫千金之珠，必在九重之淵而驪龍頷下。

出自：《莊子》。

翻譯：價值千金的寶珠，一定在九重深淵的驪龍下巴底下。

乃，有七種解釋

〈匡衡勤學〉

原文：匡衡字稚圭，勤學而無燭。鄰居有燭而不逮，衡乃穿壁引其光，以書映光而讀之。

連詞，於是，便

翻譯：匡衡字稚圭，勤奮好學但家中沒有燈燭（照明）。鄰居家有燈燭（照明），但光亮照不到匡衡家，匡衡**便**鑿穿牆壁，引來鄰居家的光亮，將書映照著光來讀。

連詞，於是，便

原文：邑人大姓文不識，家富多書，衡**乃**與其傭作而不求償。主人怪問衡，衡曰：「願得主人書遍讀之。」主人感嘆，資給以書，遂成大學。

翻譯：同鄉有個大戶叫文不識，家中富裕，有很多書。匡衡**便**到他家去做傭人卻不要報酬。主人感到很奇怪，就問他，他說：「我希望能讀遍主人家的書。」主人感慨讚嘆，就把書借給他讀，最終（匡衡）成了大學問家。

副詞的乃

例句：問今是何世，**乃**不知有漢，無論魏晉。

出自：〈桃花源記〉。

翻譯：又問現在是什麼朝代，（他）居然不知道有漢朝，更不用說之後的魏、晉朝了。

例句：精思傅會，十年**乃**成。

出自：《後漢書》。

翻譯：（張衡）精心構思潤色，用了十年才完成。

例句：吾**乃**梁人也。

出自：《戰國策》。

翻譯：我是梁國人。

連詞的乃

然後

例句：欲印，則以一鐵範置鐵板上，乃密布字印。

出自：《夢溪筆談》。

翻譯：要印的時候，就用一個鐵框子放置在鐵板上，然後密密的排滿字模。

代詞的乃

你，你的

例句：王師北定中原日，家祭無忘告乃翁。

出自：〈示兒〉。

翻譯：王朝的軍隊向北收復平定了中原的那天，祭祖的時候不要忘記告訴你的父親。

這樣，如此

例句：夫我乃行之，反而求之，不得吾心。

出自：《孟子》。

翻譯：我這樣做了，回頭再去想它，卻想不出為什麼。

其，推測、反問

〈馬說〉

代詞，指千里馬

原文：策之不以其道，食之不能盡其材，鳴之而不能通其意，執策而臨之，曰：「天下無馬！」

翻譯：用馬鞭驅趕牠，卻不按照驅使千里馬的正確方法，餵養牠卻不能竭盡牠的才能，聽牠鳴叫卻不能通曉牠的意思，拿著鞭子面對牠，說：「天下沒有千里馬！」

翻譯：唉！難道真的沒有千里馬嗎？恐怕是（他們）真的不認識千里馬啊！

副詞的其

難道，表反問

例句：以殘年餘力，曾不能毀山之一毛，其如土石何？

出自：《列子‧湯問》。

翻譯：憑著（你）晚年的一點力氣，連山上的一棵小草都動不了，難道能把土石怎麼樣呢？

一定

例句：與爾三矢，爾其無忘乃父之志！

出自：《五代史‧伶官傳》序。

翻譯：給你三支箭，你一定不要忘了你父親的意願！

大概，恐怕

例句：先生其此類乎？

出自：〈中山狼傳〉。

翻譯：先生大概就是這類人吧？

連詞的其

如果

例句：蘭槐之根是為芷，其漸之滫，君子不近，庶人不服。

出自：《荀子‧勸學》。

翻譯：蘭槐的根是香芷，**如果**浸在臭水中，君子不會接近，百姓也不會佩戴。

或者，還是

例句：飲而後辭乎？其辭而後飲乎？

出自：《說苑》。

翻譯：請問是喝了以後說話呢？還是說了以後再喝呢？

尚且

例句：天其弗識，人胡能覺？

出自：《列子》。

翻譯：上天**尚且**不認識，人又怎麼能明白呢？

於，後面最常接「是」

〈魯人徙越〉

介詞，到

原文：魯人身善織屨，妻善織縞，而欲徙於越。或謂之曰：「子必窮矣。」魯人曰：「何也？」

翻譯：魯國有個善於編織鞋子的人，（他的）妻子善於編織白色的絹布，但是（他們）想搬家到越國去。有人對他說：「您（搬到越國去）一定會遇到困境的。」魯國人問：「為什麼？」

原文：曰：「屨為履之也，而越人跣（音同顯）行；縞為冠之也，而越人被髮。以子之所長，遊於不用之國，欲使無窮，其可得乎？」

介詞，到

翻譯：（那個人）回答：「鞋子是用來穿的，但越人赤腳走路；白絹（做成的帽子）是用來戴的，但越人披散著頭髮。以你們的專長，跑到用不著你們的國家去，要想不窮困，怎麼能辦得到呢？」

介詞的於

比

例句：皆以美於徐公。

出自：《戰國策》。

翻譯：（人們）都認為我比徐公美。

和，跟

例句：故燕王欲結於君。

出自：《史記》。

翻譯：因此燕王想要和您結交。

被

例句：兵破於陳涉，地奪於劉氏。

出自：《漢書》。

翻譯：軍隊被陳涉打敗了，土地被劉氏奪走了。

固定結構於＋是

在這時

例句：**於是**賓客無不變色離席。

出自：〈口技〉。

翻譯：**在這時**，客人們沒有一個不（嚇得）變了臉色，離開了座位。

嘆詞的於

表感嘆，哎

例句：**於**嗟洵兮，不我信兮。

出自：《詩經》。

翻譯：**哎**，你我相離太遠，讓我無法堅守信約。

動詞的於

取

例句：晝爾**於**茅，宵爾索綯。

出自：《詩經》。

翻譯：白天割**取**茅草，夜裡用來搓繩索。

乎，表推測、感嘆

〈乞貓〉

原文：趙人患鼠，乞貓於中山。中山人予之貓，貓善捕鼠及雞。月餘，鼠盡而雞亦盡。其子患之，告其父曰：「盍去諸？」其父曰：「是非若所知也。吾之患在鼠，不在乎無雞。」

介詞，於

翻譯：（有一個）趙國人家裡發生了鼠患，就去中山國要貓。中山國的人給了他貓，這貓既善於捉老鼠又善於捉雞。過了一個多月，老鼠沒了，雞也沒了。他的兒子很擔心，對他的父親說：「為什麼不把貓趕走呢？」他父親說：「這不是你所懂的事了。我的禍害是老鼠，不在於有沒有雞。」

翻譯：「有老鼠，（老鼠）就會偷吃我的糧食，毀壞我的衣服，穿破我的牆壁，啃壞我的用具，我就會饑寒交迫，不是比沒有雞害處更大嗎？沒有雞，只不過不吃雞罷了，距離饑寒交迫還很遠，為什麼要把那貓趕走呢？」

助詞的乎

無義

例句：逮乎伏羲氏之王天下也，始畫八卦，造書契，以代結繩之政。

出自：《文選》序。

翻譯：到伏羲氏統治天下的時候，才畫八卦，造文字，用以代替以前結繩記事的狀況。

表感嘆，啊、呀

例句：孰知賦斂之毒有甚是蛇者乎！

出自：〈捕蛇者說〉。

翻譯：誰知道苛捐雜稅的毒害，比這毒蛇還屬害啊！

表推測，吧、呢

例句：日飲食得無衰乎？

出自：《戰國策》。

翻譯：每天飲食沒有減少吧？

介詞的乎

例句：悍吏之來吾鄉，叫囂乎東西，隳（音同灰）突乎南北。

出自：〈捕蛇者說〉。

翻譯：凶暴的官差來到我們鄉里的時候，在村子的東面和西面叫喊吵鬧，在村子的南面和北面騷擾衝闖。

例句：擢之乎賓客之中。

出自：《戰國策》。

翻譯：把我從賓客中選拔出來。

例句：俄則束乎有司。

出自：《荀子》。

翻譯：不久就會被官吏逮捕。

以，一個字有八種說法

〈越人遇狗〉

原文：越人道上遇狗，狗下首搖尾人言曰：
「我善獵，與若中分。」越人喜，引而俱歸。
食以粱肉，待之以人禮。

介詞，用

翻譯：一個越國人在路上遇到一隻狗，那隻狗低著頭、搖著尾巴像人一樣說道：「我擅長捕獵，（捕到的獵物）和你平分。」越人很高興，就帶著狗一起回家。用米飯和肉餵它，用對待人的禮節對待它。

原文：狗得盛禮，日益倨，獵得獸，必盡啖乃已。或嗤越人曰：「爾飲食之，得獸，其輒盡啖，將奚以狗為？」越人悟，因與分肉，多自與。

固定搭配。憑藉什麼，為什麼

翻譯：狗受到盛情的禮遇，一天一天的傲慢了起來，打獵獲取的野獸，必定是自己全部吃掉。有人譏笑越人說：「你餵養這條狗，可得到的獵物它全吃了，你**為什麼**還要養狗呢？」那越人醒悟了，因此給狗分肉的時候，多的給自己。

連詞的以

和，跟

例句：齊桓公獨**以**管仲謀伐莒。

出自：《韓詩外傳》。

翻譯：齊桓公私下**跟**管仲商量攻打莒國。

按照

例句：餘船**以**次俱進。

出自：《資治通鑑》。

翻譯：其餘的船隻**按照**順序一同前進。

因為

例句：**以**其郊於大國也，斧斤伐之。

出自：《孟子》。

翻譯：**因為**它生長在大都市的郊外，所以經常被（人們用）斧頭砍伐。

固定搭配，何以

憑什麼

例句：問：何以戰？

出自：《左傳》。

翻譯：（曹劌）問（魯莊公）：「你憑什麼同齊國打仗？」

連詞的以

假如，如果

並且

例句：以齧人，無御之者。

出自：〈捕蛇者說〉。

翻譯：（這種蛇）如果咬人，沒有人能抵擋它。

例句：夫夷以近，則遊者眾。

出自：〈遊褒禪山記〉。

翻譯：地勢平坦並且近的地方，前來遊覽的人便多。

者，除了指人，還有其他解釋

〈魚我所欲也〉

原文：魚，我所欲也；熊掌，亦我所欲也。二者不可得兼，舍魚而取熊掌者也。

加強語氣，無義

代詞，指東西

翻譯：魚，是我想要的；熊掌，也是我想要的。如果這兩種東西不能同時得到的話，（那我就只好）放棄魚而選擇熊掌了。

原文：生，亦我所欲也；義，亦我所欲也。二者不可得兼，舍生而取義**者**也。

翻譯：生命，是我想要的；道義，也是我想要的。如果這兩樣東西不能同時具有的話，（那我就只好）犧牲生命而選取道義了。

代詞的者

代指人、事、物等

例句：此數寶者，秦不生一焉，而陛下說之，何也？

出自：〈諫逐客書〉。

翻譯：這幾件寶貴的物品，沒有一件是秦國出產的，而陛下卻很喜歡它們，這是為什麼呢？

用於數詞後：……個方面

例句：此數者用兵之患也。

出自：《資治通鑑》。

翻譯：這幾個方面都是管理軍隊的隱患呀。

與若連用：
……的樣子

例句：言之，貌若甚戚者。

出自：〈捕蛇者說〉。

翻譯：（他）說著這些，臉上露出悲傷的樣子。

助詞的者

例句：安見方六七十，如五六十，而非邦也者？

出自：《論語‧先進篇》。

翻譯：誰說方圓六、七十里或五、六十里的國家，就不是國家了？

例句：今者項莊拔劍舞，其意常在沛公也。

出自：《史記‧項羽本紀》。

翻譯：今天項莊拔劍起舞的時候，他的意圖是在沛公啊。

例句：虎者，戾蟲。

出自：《戰國策》。

翻譯：老虎是猛獸。

也，常常不用翻譯

〈循表涉澦〉

原文：荊人欲襲宋，使人先表澦水。澦水暴益，荊人弗知，循表而夜涉，溺死者千有餘人，軍驚而壞都舍。

翻譯：楚國人想要偷襲宋國，派人先測量好澦河的水深並做好記號。後來澦河水突然大漲，楚國人不知道，依然按照原來的標記在夜間渡水，結果淹死了一千多人。士兵受驚發出的叫聲像房屋倒塌的響聲。

翻譯：先前他們（在灄河）做記號的時候，可以根據標記渡河，（但）現在水位已經改變，河水暴漲了許多，楚國人還是按照原先的標記過河，這正是他們失敗的原因。

助詞的也

表感嘆，啊

例句：明星熒熒，開妝鏡也。

出自：〈阿房宮賦〉。

翻譯：明亮的星星光芒閃爍，這是宮女們打開了梳妝時所用的鏡子啊。

表疑問，嗎

例句：二世問左右：「此乃鹿也？」

出自：《李斯列傳》。

翻譯：二世問左右的人：「這是鹿嗎？」

表祈使，無義

例句：欲呼張良與俱去，曰：「毋從俱死也！」

出自：《史記》。

翻譯：（項伯）想叫張良和他一起離開，說：「不要跟著（劉邦）一起去送死！」

用於句中，表停頓語氣，無義

例句：形之龐也類有德，聲之宏也類有能。

出自：〈黔之驢〉。

翻譯：形體龐大好像很有德行，叫聲洪亮好像很有本領。

表提示，無義

例句：女也不爽，士貳其行。

出自：《詩經》。

翻譯：妻子沒有過錯，丈夫卻三心二意。

表判斷，無義

例句：苛政猛於虎也。

出自：《禮記》。

翻譯：殘暴的苛政，比老虎還要可怕。

為，成為、如果、因為之意

〈愚人食鹽〉

原文：昔有愚人，至於他家。主人與食，嫌淡無味。主人聞已，更為益鹽。

介詞，給，替

翻譯：從前有一個愚笨的人，到別人家去（做客）。主人給他食物，他嫌淡而無味。主人聽後，就給他添了點鹽進去。

原文：既得鹽美，便自念言：「所以美者，緣有鹽故。少有尚爾，況復多也？」

動詞，成為

原文：愚人無智，便空食鹽。食已口爽，反為其患。

翻譯：已經嘗過鹽的美味之後，（愚人）就自言自語的說：「味道鮮美的原因，是因為有了鹽的緣故。少許（鹽）就這麼美味，如果再多放一點（鹽）呢？」這個愚蠢的人沒有智慧，就只吃鹽。結果吃得味覺敗壞，反而成為禍患。

介詞的為

音同未，和、跟

例句：已盟，章邯見項羽而流涕，**為**言趙高。

出自：《史記·項羽本紀》。

翻譯：訂完了盟約，章邯見到項羽後痛哭流涕，跟（他）訴說趙高的事情。

音同微，被

例句：是狼**為**虞人所窘，求救於我，我實生之。

出自：〈中山狼傳〉。

翻譯：這隻狼被獵人圍困，向我求救，我實際是救了它。

音同未，因為

例句：十餘萬人皆入睢水，睢水**為**之不流。

出自：《史記·項羽本紀》。

翻譯：十萬多位官兵全部跳入了睢河，睢河水因為這樣而堵塞不流了。

助詞的為

賓語提前用法，無義

例句：何以汝為見？

出白：《漢書》。

翻譯：我為什麼要見你？

連詞的為

音同微，如果

例句：為近王，必掩口。

出自：《韓非子》。

翻譯：如果（你）靠近楚王，一定要捂住嘴巴。

而

例句：君因信妾余之詐，為棄正妻。

出自：《韓非子》。

翻譯：春申君因相信了他名叫余的妾的假話，而休去了正妻。

文言文一文到底，要怎麼斷句？

　　我們在閱讀古文原文時，會驚訝的發現這些文章都是一文到底。為了方便閱讀，我們需要掌握斷句的方法。其中有一種方法，就與我們學到的虛詞知識息息相關。

這些虛詞總是作為一句話的開頭，斷句往往在這些字前

例句：**夫**戰，勇氣也。
出自：《左傳》。
翻譯：作戰，靠的是勇氣。

例句：**蓋**儒者所爭，尤在於名實。出自：〈答司馬諫議書〉。
翻譯：讀書人爭論的問題，特別注重實際。

例句：後生可畏，**焉**知來者之不如今也？
出自：《論語》。
翻譯：年輕人值得敬畏，怎麼知道他們將來不如今人呢？

例句：**斯**是陋室，惟吾德馨。
出自：〈陋室銘〉。
翻譯：這雖然是一座簡陋的房子，但只要我品德好（就感覺不到簡陋了）。

這些虛詞總是作為一句話的結尾，斷句往往在這些字後

例句：王侯將相寧有種乎？

出自：《史記》。

翻譯：王侯將相難道天生比我們高貴嗎？

例句：前人之述備矣。

出自：〈岳陽樓記〉。

翻譯：前人的記述（已經）很詳盡了。

例句：族秦者秦也，非天下也。

出自：〈阿房宮賦〉。

翻譯：滅掉秦國的正是秦國，不是天下人。

例句：幸甚至哉，歌以詠志。

出自：〈觀滄海〉。

翻譯：太值得慶幸了，就用詩歌來表達心志吧。

這些虛詞往往放在句中，因此不要斷句

例句：願以十五城請易璧。

出自：《史記》。

翻譯：願意用十五座城池交換和氏璧。

例句：業精於勤，荒於嬉。

出自：〈進學解〉。

翻譯：學業由於勤奮而專精，由於玩樂而荒廢。

例句：子墨子解帶為城，以牒為械。

出自：《墨子》。

翻譯：墨子解下衣帶當作城牆，用木片當作守城器械。

例句：入則無法家拂士，出則無敵國外患者，國恆亡。

出自：《孟子》。

翻譯：如果國內沒有堅守法度的大臣和輔佐君王的賢士，國外沒有實力相當的對手，這樣的國家往往會滅亡。

這些虛詞通常表示上下句存在關聯，一般斷句在其前面

例句：苟全性命於亂世，不求聞達於諸侯。

出自：〈出師表〉。

翻譯：在亂世中暫且保全性命，不求在諸侯中揚名顯貴。

例句：明犯強漢者，雖遠必誅。

出自：《漢書》。

翻譯：敢侵犯漢朝的人，即使再遠（我們）也一定要殺掉他們。

例句：縱江東父兄憐我而王我，我何面目見之。

出自：《史記》。

翻譯：即使江東父老可憐我，而使我稱王，我又有什麼臉面見他們呢？

例句：夫秦無道，故沛公得至此。

出自：《史記》。

翻譯：正因為秦朝暴虐無道，所以沛公您才能夠來到這裡。

文言文用法實力考驗

唐有才

一年一度的科舉考試即將在京城舉行，全國各地的考生都將趕往京城應試。我們的主角唐有才，就是此次進京趕考的一位書生。

從家鄉前往京城的路上，唐有才經歷了很多有意思的事情，也遭遇了不少困難。大家快來幫幫他吧！

《周易》

《中庸》

《尚書》

《禮記》

　　唐有才有一群淘氣的弟弟妹妹，他們得知唐有才要離家去趕考，不能再陪他們玩耍，就生氣的把他路上要複習的「四書五經」，和家中的其他書混在一起。

　　唐有才必須找出「四書五經」才能順利上路。你能幫他找到正確的書籍嗎？

　　唐有才順利找到了書，和家人告別後，他踏上了趕考之路。結束了一天的長途跋涉後，他來到一處小村莊想要借宿。唐有才敲開一戶人家的門，禮貌的說明了來意。這戶人家有個古靈精怪的小兒子，他對唐有才說：「只要你正確說出我們家每個人的年齡稱謂，就可以住下。」

10 歲

提示：小兒子已經告知了唐有才他們全家人的年齡，快來想想這些年齡在古代分別叫什麼吧！

在這戶人家用過晚飯後，唐有才決定制定一份到京城後的學習計畫表，可是這份計畫表上好像缺了幾個時辰，你能幫忙補全嗎？

（　　）、丑時、寅時、卯時：

睡覺

辰時：

起床洗漱　　　　　吃早餐　　　　　晨讀

（　　）：

練字　　　　　　　做文章

午時：

吃午餐　　　　　午睡

未時：
背誦古文

（　　）：
做策論　　　　　　　練字

酉時：
吃晚餐　　　　　　　散步

（　　）：
默寫古文

亥時：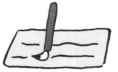
洗漱　　　　打掃房間　　　　睡覺

　　第二天清晨，唐有才早早起來向主人家道謝，並表示願意留下住宿費。主人堅持不要，說：「你如果實在過意不去，不如幫我跑一趟，去集市上買些東西。」唐有才隨即前往集市。但集市上的東西五花八門，他一時間找不到主人家要他買的東西，你能幫他找出來嗎？

提示：扶老、箸、羽觴、簋都是主人家要買的東西哦！

　　唐有才離開了小村莊，繼續趕路。這天，唐有才需要翻越一座高山，趕了一段山路後，他渴極了。好不容易找到一處水源，他正想喝個痛快，卻被三個路霸攔住了。路霸老大說：「想要喝水，留下二十兩銀子！」

　　可唐有才沒有那麼多錢。路霸發現唐有才是個讀書人，於是換了個條件：只要唐有才幫他們弄清楚四個字的意思，就讓他免費喝個夠。

提示：至少要說出每個字的三種意思，才能幫到唐有才哦！

身高：長

性情：鄙

長相：惡

身上掛飾：沉

　　唐有才喝飽了水後，身上又充滿了力氣，很快就翻過高山來到一處集市。在集市附近，唐有才看到一位哭泣的婦人。他上前一問，得知原來是婦人的錢袋被人偷走了。熱心的唐有才決定幫助婦人找到小偷，拿回錢袋。

提示：請根據婦人形容的這些特徵，幫唐有才找到小偷吧！

　　唐有才幫婦人找回了錢袋，為了表示感謝，婦人說要送他一個禮物。唐有才跟隨婦人家的老僕來到後院，只聽老僕說：「『清』的旁邊有一個掛著『強』的『閒』，你的禮物就在『閒』裡。」

提示：老僕年紀大了，有些糊塗，總是把形容詞說成名詞。你能根據老僕的話，把畫面中的禮物圈出來嗎？

　　唐有才告別婦人和老僕，繼續趕路。這天，他來到河邊，準備坐船渡河。正要上船時，唐有才發現自己的錢袋不翼而飛了。船家看出他的窘迫，便對他說：「我的孩子正哭個不停，你如果能把他哄好，我就不收你的路費。」

　　唐有才正在努力逗孩子開心。先找一找唐有才在哪裡，然後看看他正在做什麼動作呢？

　　來到京城後，天色已經有些暗了，於是他連忙找了一家客棧歇腳。這裡恰巧有許多跟他一樣進京趕考的考生。在一片之乎者也的背誦聲中，唐有才隱約聽到了幾句錯誤的古文。你能找出其中的錯誤並糾正過來嗎？

　　唐有才找到一處空位，正要坐下休息，突然，鄰桌傳來一聲大叫。唐有才轉頭一看，原來是一位名叫卜上進的考生把茶壺打翻了，水都灑到了書卷上。看著書上的字跡變得模糊不清，那位考生十分著急，於是唐有才決定幫他一把。

　　書卷上缺的字正好都是虛詞，你能把虛詞填進空裡，復原這本書的內容嗎？

《論語・為政》

子曰：「吾十有五（　）志（　）學，三十（　）立，四十（　）不惑，五十（　）知天命，六十（　）耳順，七十（　）從心所欲，不逾矩。」

《論語・學而》

曾子曰：「吾日三省吾身：為人謀（　）不忠乎？與朋友交（　）不信乎？傳不習乎？」

《論語・為政》

子曰：「由，誨汝知（　）（　）？知（　）為知（　），不知為不知，是知（　）。」

三五之夜，明月半牆。

多見而識，知之次也。

聖人不能先知，六也。

　　卜上進非常感激唐有才的幫助，兩人很快成了好朋友。晚上，兩人結伴去逛夜市，不知不覺就被攤位上的花燈所吸引。攤位老闆見兩人對花燈很感興趣，馬上表示誰能找出這些燈籠上的數詞，就能免費得到一盞花燈。

　　你能幫他們拿到嗎？

　　兩人得到了花燈後繼續前進。很快，卜上進又被一個套圈遊戲迷得走不動了。他興致勃勃的拉著唐有才想要上前體驗一番。你能幫他們贏得想要的商品嗎？

提示：上面有著概數的商品，正好是主人公最想要的哦！

　　他們逛完夜市之後，想著還要在這裡住些時日，就決定在回客棧前去買一些東西。當他們走到商鋪門口時，湊巧老闆的價格牌壞了，你能用合適的量詞幫老闆標好商品的價格，讓兩人能夠順利買到東西嗎？

提示：請與畫面結合哦！

匹　　斗　　方　　斤　　銖

休整了幾天後，唐有才和卜上進準備結伴繼續趕路。兩人來到客棧櫃檯結帳，店小二翻看了一下帳本，表示他們一共住了六天。

你能算出他們一共需要付給店家幾兩幾銖錢嗎？

提示：他們一共喝了兩升酒，吃了一斗米，並且訂了兩間房。（古時候一兩等於二十四銖）

普通房：四銖／天
米：十二銖／斗
酒：八銖／升

趕了好一段路後，唐有才和卜上進終於抵達了京城。在參加考試前，兩人打算順路拜訪本地一位有學問的老師。來到大儒的家門口時，為了表現自己謙虛有禮，兩人討論起該如何請門童向老師通報，以及怎樣和老師交談。請問他們在對話時，要如何稱呼對方及自己才是正確的呢？

（爾　渠）遠道而來，（吾　厥）幸，指點不敢，切磋而已。

先生之學識，令（其　愚）欽佩，願（公　孤）指點一二。

　　春闈放榜，唐有才成功考取進士，而卜上進卻落榜了。名落孫山的卜上進決定痛改前非，潛心鑽研功課，但他發現自己看不懂某些書上的句子，你能幫他翻譯下面幾篇短文嗎？

掩耳盜鈴

原文：
范氏之亡①也，百姓有得鐘②者，欲負③而走，則④鐘大不可負。

注釋：
①亡：逃亡。②鐘：古代樂器。③負：背著。④則：但是。

翻譯：

原文：
以椎①毀之，鐘況然②有音。

注釋：
①椎：敲打東西的器具。
②況然：形容鐘聲響亮。

翻譯：

原文：
恐①人聞之而奪己也，遽②掩其耳。

注釋：
①恐：害怕。
②遽：急忙，趕快。

翻譯：

世無良貓

原文：
某①惡鼠，破家②求良貓。
厭③以腥膏④，眠以氈毹
（音同記）⑤。

注釋：
①某：有一個人。
②破家：拿出所有的家財。
③厭：滿足。
④腥膏：魚和肥肉。
⑤氈毹：氈子和毯子。

翻譯：

原文：
貓既飽且①安，率②不食
鼠，甚者與鼠遊戲，鼠以
故③益④暴⑤。

注釋：
①且：並且。
②率：都。
③故：緣故。
④益：更加。
⑤暴：凶暴，橫行不法。

翻譯：

原文：
某怒，遂①不復蓄②貓，以為③天
下無良貓也。

注釋：
①遂：於是，就。
②蓄：養。
③以為：認為。

翻譯：

原文：
是無貓邪，是不會蓄貓也。

翻譯：

濫竽充數

原文：

齊宣王使^①人吹竽，必^②三百人。

注釋：

①使：讓。

②必：一定，必須。

翻譯：

原文：
南郭處士^①請為王吹竽，宣王說^②之，廩^③食^④以數百人。

注釋：
①處士：未做官的士人。
②說：通「悅」，對……感到高興。
③廩：供養。
④食：糧食。

翻譯：

原文：
宣王死，湣王立^①，好^②一一聽之，處士逃^③。

注釋：
①立：繼承王位。
②好：喜歡。
③逃：逃跑。

翻譯：

一毛不拔

原文：
一猴死，見冥王，求轉①人身。

注釋：
①轉：轉為。

翻譯：

原文：
王曰：「既①欲做人，須將毛盡拔去。」即喚夜叉拔之②。

注釋：
①既：既然。
②之：代指猴毛。

翻譯：

原文：
方①拔一根，猴不勝②痛叫。

注釋：
①方：才。
②勝：能忍受。

翻譯：

原文：
王笑曰：「看你一毛不拔，如何做人？」

翻譯：

參考答案

P368~369
四書：《論語》、《孟子》、《大學》、《中庸》。
五經：《詩經》、《尚書》、《禮記》、《周易》、《春秋》。

P370~371
10 歲：幼學；15 歲：及笄；30 歲：半老徐娘；40
歲：不惑；70 歲：古稀。

P372~373　　子時；巳時；申時；戌時。

P374~375

扶老：拐杖。　箸：筷子。　羽觴：酒杯。　簋：古代盛食
物的青銅或陶
製容器。

P376~377

甘：動聽、鬆動、甜、味美、黃柑、味美的食物、情願／甘心、認
為……甘美。
長：與「短」相對、久、遠、高大、長度、高度、長處、擅長。
白：純真、白淨、空白、亮、白色、酒杯、控告、下級對上級陳述。
老：年歲大、深遠的、陳舊、衰竭／倦怠、老人、古代臣子的稱謂、
終老、年老退休。

P378~379

長：（身高）高大。
鄙：（性情）粗野。
惡：（長相）醜。
沉：（身上掛飾）色深
而有光澤。

P380~381

馬

P382~383

鼓

P384~385

知之為知之，不知為
不知，是知也。／擇
其善者而從之，其不
善者而改之。

學而不思則罔，思而不
學則殆。／溫故而知
新，可以為師矣。／學
而時習之，不亦說乎！

P386~387

子曰：「吾十有五而志於學，三十而立，四十而不惑，五十而知天
命，六十而耳順，七十而從心所欲，不逾矩。」
曾子曰：「吾日三省吾身：為人謀而不忠乎？與朋友交而不信乎？傳
不習乎？」
子曰：「由，誨汝知之乎？知之為知之，不知為不知，是知也。」

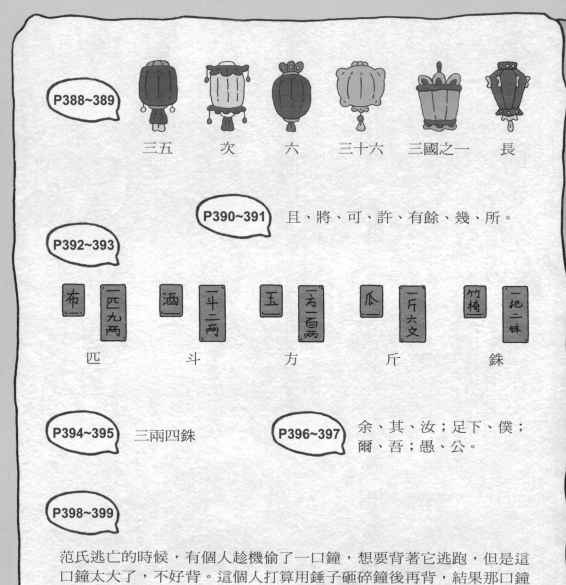

P388~389

三五　　次　　六　　三十六　　三國之一　　長

P390~391　　且、將、可、許、有餘、幾、所。

P392~393

匹　　斗　　方　　斤　　銖

P394~395　　三兩四銖

P396~397　　余、其、汝；足下、僕；爾、吾；愚、公。

P398~399

范氏逃亡的時候，有個人趁機偷了一口鐘，想要背著它逃跑，但是這口鐘太大了，不好背。這個人打算用錘子砸碎鐘後再背，結果那口鐘「哐」的發出了很大的聲響。他生怕別人聽到鐘聲後來把鐘奪走，就急忙緊緊摀住自己的耳朵。

P400~401

有個人討厭老鼠，傾盡家財討得一隻好貓。用魚和肥肉餵養它，用氈子和毯子給貓睡。

貓已經吃得飽飽的，並且過得很安逸，就都不捕鼠了，有時貓甚至與老鼠一起嬉戲，老鼠因為這個緣故更加橫行不法。

這人十分生氣，於是再也不養貓了，認為這個世界上沒有好貓。

是沒有好貓嗎？是不會養貓。

P402~403

齊宣王讓人吹竽，一定要滿三百人。

南郭處士請求給齊宣王吹竽，宣王對此感到很高興，拿數百人的糧食供養他。

齊宣王去世後，齊湣王繼承王位，他喜歡聽樂師一個一個的演奏，南郭處士便逃走了。

P404~405

一隻猴子死後見到了閻王，向閻王請求投胎做人。

閻王說：「既然你想做人，就需要將毛全部拔掉。」於是就叫夜叉給猴子拔毛。

才拔下了一根，猴子就忍不住痛得叫了起來。

閻王笑道：「看你連一根毛都捨不得拔，怎麼做人呢？」

國家圖書館出版品預行編目（CIP）資料

文言文很好用——妙筆生花要形容詞，驚人不休
全憑數詞、量詞：引經據典，言之有物、談吐得
宜，提升素養的最快方法。／段張取藝著. -- 初版.
-- 臺北市：任性出版有限公司，2022.04
208 面：17×23公分. --（drill：013-014）
ISBN 978-626-95349-7-5（上冊：平裝）
ISBN 978-626-95710-5-5（下冊：平裝）

1. CST: 文言文　2. CST: 讀本

802.82　　　　　　　　　　　　　110022825

drill 014

文言文很好用——
妙筆生花要形容詞，驚人不休全憑數詞、量詞

引經據典，言之有物、談吐得宜，提升素養的最快方法。

作　　　者／段張取藝
責任編輯／林盈廷
校對編輯／連珮祺
美術編輯／林彥君
副 主 編／馬祥芬
副總編輯／顏惠君
總 編 輯／吳依瑋
發 行 人／徐仲秋
會計助理／李秀娟
會　　　計／許鳳雪
版權經理／郝麗珍
行銷企劃／徐千晴
業務助理／李秀蕙
業務專員／馬絮盈、留婉茹
業務經理／林裕安
總 經 理／陳絜吾

出 版 者／任性出版有限公司
營運統籌／大是文化有限公司
　　　　　臺北市 100 衡陽路 7 號 8 樓
　　　　　編輯部電話：（02）23757911
　　　　　購書相關資訊請洽：（02）23757911 分機 122
　　　　　24小時讀者服務傳真：（02）23756999
　　　　　讀者服務E-mail：haom@ms28.hinet.net
郵政劃撥帳號／19983366　戶名／大是文化有限公司

法律顧問／永然聯合法律事務所
香港發行／豐達出版發行有限公司 Rich Publishing & Distribution Ltd
　　　　　香港柴灣永泰道70 號柴灣工業城第 2 期 1805 室
　　　　　Unit 1805, Ph .2, Chai Wan Ind City, 70 Wing Tai Rd, Chai Wan, Hong Kong
　　　　　電話：21726513　傳真：21724355
　　　　　E-mail：cary@subseasy.com.hk

封面設計／陳皜
內頁排版／顏麟驊
印　　　刷／緯峰印刷股份有限公司

出版日期／2022 年 4 月
定　　　價／390 元
Ｉ Ｓ Ｂ Ｎ／978-626-95710-5-5
電子書ＩＳＢＮ／9786269571086（PDF）
　　　　　　　9786269571093（EPUB）